ÉMILIE GUILLAUMIN

PETITES DENTS, GRANDS CROCS

ROMAN

HarperCollins
TRAVERSÉE

HARPERCOLLINS FRANCE
83-85, boulevard Vincent-Auriol, 75646 PARIS CEDEX 13
Tél. : 01 42 16 63 63

www.harpercollins.fr
ISBN 979-1-0339-1277-4— ISSN 2724-9972

« Les femmes meurent souvent à petit feu du bon équilibre des hommes. »

Violette Leduc

C'est l'été depuis quelques jours. La fenêtre de la cuisine est grande ouverte, la cour de notre immeuble aussi familière qu'une pièce de l'appartement. Thomas vient de finir de téter. Sa bouche minuscule se déforme pour happer une dernière goutte de mon sein nu. L'air est de velours, presque écœurant : la chaleur visqueuse dans laquelle agonise ma sueur, les relents de chair chauffés à blanc.

Il hoquette un rot laiteux sur mon épaule. Soudain la moiteur m'aspire. Thomas se dérobe. Son corps tendre glisse de mes bras comme s'il était badigeonné d'huile. Impossible de le retenir. J'érafle le vide. Une main rude me bâillonne, une main d'homme sèche et épaisse. J'étouffe. Je ne parviens pas à me dégager. Ma tête est bloquée, enfouie dans un nuage opaque. Plus que quelques secondes avant qu'elle n'explose. Je pousse un hurlement.

Je me réveille en nage. Matelas qui s'incline soudain, puis de retour à l'horizontale. Frottement des draps. Pierre s'est simplement retourné. La chambre baigne dans l'obscurité. Je distingue à peine les lampadaires de la rue à travers les volets. Sur mon téléphone portable, il est 3 heures du matin. Comme la veille, le chiffre incandescent me nargue.

Je m'extirpe du lit collant, mon corps comme de la soie détrempée. Me dirige d'un pas incertain vers la chambre de Thomas. L'appartement est silencieux.

Il dort, pelotonné sur lui-même. Ses peluches éparses autour de son petit corps tranquille. Son pyjama bleu fait ressortir son teint bronzé, ses pieds aux ongles nacrés sont des coquillages. Je reste quelques secondes, immobile, à écouter sa respiration. Aucun mouvement n'ébranle la quiétude de la pièce saturée de senteurs animales. Je l'observe, et mon cœur se tord de douceur.

Samedi 30 octobre 2021

Dire que j'ai voulu le jeter par la fenêtre. Je l'aurais suivi. Lui, rempli de cris, moi, pleine de vide. Dans un dessin animé ou dans un rêve, peut-être aurions-nous fini par nous envoler.

La peur des escaliers raides, des chutes, de la maladresse et du geste sans retour m'a longtemps accompagnée. Le vertige comme obsession. Voulait-il – aujourd'hui l'expression me vient avec une ironie morbide – voler de ses propres ailes ? Ou s'écraserait-il un jour cinq étages plus bas, brisant ma vie et celle de Pierre car je mettrais fin à la sienne ?

J'ai fini par fermer cette fenêtre. J'étais un monstre. Si j'éprouvais des élans de tendresse lorsqu'il fronçait les sourcils comme si le monde l'étonnait déjà, j'étais traversée d'accès de violence quand, au milieu de la nuit, Pierre absent, je ne parvenais pas à calmer ses cris. J'enrobais alors Thomas de pleurs secs. J'avais honte.

Deux ans après notre premier baiser sur un quai de métro désert du 14ᵉ arrondissement, je suis tombée enceinte. Le choix de Pierre. Son envie, son désir. Quand la ligne d'un bleu vif s'est affichée sur le test de grossesse au bout de quelques secondes seulement, je n'ai ressenti qu'une immense lassitude. L'avant-goût narquois des symptômes qui se manifesteraient plus tard. Somnolence, tristesse, pesanteur. Une force maléfique, un dieu tout-puissant, un homme, venait de poser un couvercle sur ma vie. Seul l'amour, une passion totale, m'a empêchée d'accomplir le geste fatal. Tuer dans l'œuf l'idée d'un avenir à trois. Lui, l'homme que j'aimais, que je vénérais même parfois, voulait cet enfant. Sa suite, sa trace, son extension. Le fils. Pouvais-je répondre à ses « je t'aime » en neutralisant le fruit de notre union ? C'était impossible.

Les neuf mois qui ont suivi furent en demi-teinte. Si j'ai aimé mes seins gonflés de chair et de sang dès le premier mois, et mon désir pour Pierre décuplé comme si j'étais devenue une fontaine à jouir, j'ai haï la fatigue, les nausées matinales, les insomnies et la sensation d'essoufflement perpétuel. On disait que la grossesse m'allait bien. Ça, c'était pour l'extérieur. À l'intérieur, j'étais un robot. Je me nourrissais à la perfection, je ne buvais pas une goutte d'alcool, je prenais toutes les vitamines que la sage-femme me prescrivait. Avec du recul, il me semble que j'appliquais ses consignes uniquement par conscience professionnelle. J'étais frugale quand il le fallait, gourmande lorsque cela me semblait pertinent, surtout pour coller à l'image d'une féminité déployée qu'il semblait de bon ton d'adopter.

Il est venu au monde une nuit d'orage. Un jour férié du mois de juin. Paris était désert, boutiques fermées. La chaleur diurne avait laissé la place à une torpeur détrempée qui avait donné à ce moment une couleur étrange.

Minuit dans la salle de bains de la maternité, moi nue dans l'eau tiède de la baignoire. Pierre a éteint la lumière puis ouvert les fenêtres pour laisser entrer l'orage. La ville tonnait, en guerre contre elle-même. Le ciel anthracite déversait une eau que j'imaginais d'huile, brûlante, abondante comme la douleur qui me tordait.

J'avais refusé la péridurale, voyant une forme de gloire dans la souffrance. Les coups saumâtres arrivaient par-derrière. Ennemis indignes. Ils me prenaient les hanches, le bas du dos, faisant remonter jusqu'à mon ventre une marée lourde, remplie de sang.

J'avais fini par craquer. Tant pis pour la force, le courage, le regard de Pierre sur moi qu'il fallait impressionner. J'étais éreintée.

La piqûre dans le bas du dos a été le dernier tourment de cette nuit-là. Je me suis endormie, gros insecte enrobé de linges et de draps, presque heureuse alors que rien n'avait encore commencé.

Vers 4 heures du matin, la sage-femme, bras tatoués de forçat, une jeunesse déroutante, a appelé Pierre qui somnolait dans le couloir. Dehors, je n'entendais plus la pluie.

J'ai le souvenir de quelque chose de doux et dur à la fois que ma main a caressé, guidée par celle bleuie d'encre de la sage-femme. Sensation insolite que d'avoir une tête à peine plus grosse qu'une boule de billard entre les cuisses. Sitôt touchée, j'avais éclaté en sanglots.

Quand on a déposé Thomas sur mon ventre, j'ai ressenti une grande joie. Naturellement, j'approchai un sein de sa bouche affamée. Pierre avait quitté la pièce, mais je n'étais plus seule.

Passé les quelques heures d'éblouissement qui ont malgré tout suivi l'accouchement, je suis devenue une carapace sans chair, recouverte de vêtements, sous laquelle il n'y aurait eu que du vent. Mon travail, mes amis, même Pierre, n'existaient plus. Leur impuissance, tellement évidente à mes yeux, m'empêchait de leur demander de l'aide. Il fallait que j'affronte seule cette période. Je n'imaginais pas qu'elle durerait si longtemps.

Je flottais, masquée, forcée au mensonge, imitant la joie, la ressentant par à-coups avec une telle violence que le résultat était pire que la tristesse. Cette ambivalence m'épuisait. J'avais mis au monde un enfant et ce qui aurait dû me combler me dépouillait au contraire de tout ce qui composait ma personnalité. J'avais cessé d'être Sarah, la fille, la femme, la cousine, la collègue, l'amie, l'amoureuse. Ne restait qu'une énigme. Une enveloppe à remplir. Une ombre à apprivoiser. Et je ne m'en sentais pas la force. J'étais piégée. Thomas était devenu ma prison.

Le regard de Pierre, pluie acide sur mon dos, mes fesses, mes cuisses. De la lave. Puis rien. Je titube jusqu'à la salle de bains pour me rincer dans la baignoire. Jambes de glaise. Corps de sable. La pièce baigne dans une lueur verdâtre.

— Faudra que tu penses à réparer le plafonnier, on ne voit rien dans la salle de bains !

Sa réponse traverse la cloison, molle comme une évidence.

— Maintenant que tu ne travailles plus, tu vas pouvoir t'en occuper.

Les draps sentent l'odeur moelleuse et salée du sexe repu. Il repose immobile. La lampe de chevet n'éclaire que son visage. Paupières closes, lèvres scellées en un arc de cercle sinistre, mains enlacées sur le torse dans une posture de gisant. Seul un léger frémissement dans sa poitrine indique qu'il n'est pas mort. Parfois, son immobilité me terrifie. Et s'il partait ? S'il m'abandonnait ?

— On s'en va quand en Bourgogne ?

Pierre est rauque, un pied déjà dans la nuit.

— La semaine prochaine. Thomas est en vacances à 16 heures, vendredi. La Toussaint tombe le dimanche d'après, on ira voir tes parents si tu veux.

Pas de réponse, à part un long râle. Il somnole, statue de chair. Aussi quand sa voix surgit une minute plus tard, claire et limpide comme s'il venait de dormir huit heures d'affilée, je sursaute.

— J'emmènerai Thomas chasser, ça lui fera du bien de voir que la faune et la flore ne se résument pas à trois pigeons et un square…

Les locaux de l'entreprise de transport où j'ai passé ces dix dernières années sont situés aux confins du 15e arrondissement, au dernier étage d'une tour en verre. De ma fenêtre je vois la Seine, le pont du Garigliano, Boulogne, la Porte de Saint-Cloud saupoudrée de vert, un semblant de campagne indéchiffrable qui annonce la banlieue et, plus loin encore, la province. Je suis restée de longs moments devant cette fenêtre, d'abord fascinée par l'entrelacs de rues et d'avenues bordées d'immeubles modernes, puis attirée par l'horizon crénelé d'arbres touffus dissimulant, j'avais envie d'y croire, une vie meilleure que celle vécue entre les cloisons de ferraille et de béton de ma société.

Pourtant, je m'y suis plu. Rentrée après deux années passées dans une université américaine, j'ai rapidement gravi les échelons. D'abord en tant qu'assistante du P-DG, puis comme responsable des ressources humaines. Entre le recrutement d'intérimaires, les contrats spécifiques des transporteurs, le risque d'accident de la route, le turnover et les formations propres au métier, j'ai été fière de relever ce challenge. Et puis j'avais créé mon poste. Quand j'avais candidaté, un peu par hasard, à la fin de mes études, c'était une petite PME. Qui s'est rapidement développée. Être là dès le début de l'aventure m'a permis d'imprimer ma patte, de créer des procédés encore appliqués aujourd'hui. J'étais plus à l'aise avec les cols bleus – chauffeurs de camion, manutentionnaires – qu'avec les cols blancs, auprès de qui je me sentais constamment l'obligation de rendre des comptes. Je n'étais pas particulièrement manuelle, et mon niveau d'études était bien supérieur à celui des caristes. Pourtant, il existait entre nous une forme de complicité, de confiance. Ces rapports empreints de simplicité contribuaient, au quotidien, à ma satisfaction. Et donnaient d'excellents résultats lors des périodes chargées.

Mais je regrettais parfois de ne pas mener une carrière plus créative. Il se passait souvent des semaines sans que j'y pense. Seulement, lorsque ce désir revenait, il le faisait de manière d'autant plus brutale. Alors, quand cet été je me suis enfin résolue à confier à Pierre mon projet de prendre une année sabbatique, il m'y a encouragée.

Les au revoir ont eu lieu la semaine dernière. M. Launay – David comme il me demandait de l'appeler sans que je n'y sois jamais parvenue – m'a offert un carnet moleskine et un stylo gravé à mon nom. Je ne sais pas qui lui a dit que je partais pour écrire. Peut-être est-ce le hasard, que j'ai voulu interpréter comme un signe. En me tendant la boîte qui contenait les deux objets, il m'a souhaité bonne chance et je me suis dit que c'était sans doute la dernière fois que j'entendais son timbre de voix nasillard.

Puis tout le monde est descendu à la cantine pour boire un verre de jus d'orange. J'ai serré des mains. Je tourbillonnais, la tête brûlante. Mon assistante m'a dit que je lui manquais déjà, qu'elle était sûre que cette année passerait vite. Face à son émotion sincère, je me suis efforcée de cacher ma joie. J'étais euphorique. Ce départ sonnait la fin des heures quotidiennes de transport en commun, des décisions difficiles, de l'hypocrisie des rapports humains, des chasses à l'homme invraisemblables sur les réseaux professionnels, des réunions à n'en plus finir, le tout couronné récemment par le sentiment, non, la certitude, de n'être qu'un pion.

Aujourd'hui, l'ambiance est tout autre. Sans doute est-ce la grisaille, la fumée qui s'élève de la ville et qui, en rejoignant le ciel pâle, crée un halo déprimant. Quelqu'un a déjà enlevé la pancarte accrochée sur la porte de mon bureau et qui indiquait mon nom, Sarah Barry, et ma fonction, responsable des ressources humaines. Je pénètre une dernière fois dans la pièce. Celle-ci est aussi vide que lorsque je suis arrivée. Même mobilier impersonnel, même placard au fond duquel traînent un bloc de post-it jaune pâle et un trombone tordu. Je hume l'odeur. Poussière, encre et papier. Mes dossiers ont été répartis entre différents collègues, et j'ai déjà rapporté à la maison mes affaires personnelles. Tout est intact, plastifié, carré, géométrique, comme si ces dix dernières années n'avaient jamais existé.

— Tu as bien raison de t'accorder du temps pour toi, faut pas se laisser bouffer par le travail, assure Noah, ma collègue du service juridique alors qu'on se retrouve toutes les deux une dernière fois à la machine à café de l'étage. Qu'est-ce que tu vas faire, dis-moi ? m'interroge-t-elle en sucrant son café.

Sa question me prend au dépourvu. Mon ambition me semble subitement ridicule. Écrire : une lubie bourgeoise et vaine. J'évoque un projet personnel. Elle me souhaite bonne chance sans creuser davantage.

De nouveau seule, je compose le numéro de Pierre. Trois sonneries plus tard, sa voix rocailleuse m'invite à laisser un message.

Une année de liberté. J'erre dans les couloirs, tout le monde m'a déjà oubliée. Exclue par ma seule volonté, je réalise combien j'ai aimé faire partie de cet univers affairé, fait de sociabilisations forcées, de satisfactions faciles, de retards et d'adrénaline. De tempêtes dans un verre d'eau.

Il est bientôt 16 heures, Pierre n'a pas rappelé.

Je patiente devant le portail fermé, les fesses mollement appuyées contre la barrière qui protège la sortie d'école de la chaussée. Les mamans et les nounous, parfois un papa, arrivent au compte-gouttes, visages aussi bien traversés de soucis existentiels que de drames ordinaires. À la fin le trottoir ne laisse plus filtrer aucun passant.

Quand soudain il fend la foule. Grand, svelte, comme marchant à rebonds au milieu des cloportes.

— Tu n'as pas eu mon message ? Je t'ai dit que j'allais le chercher !

J'ai parlé d'un ton précipité. Pierre sent bon, un mélange d'orange fumée et de clou de girofle. Sa veste en cuir est de la même teinte que ses chaussures, des bottines à lacets fauves qui lui donnent l'air de s'être échappé d'un magazine de chasse pour gentleman-farmer.

— Ce n'est pas grave, ma chérie, ça lui en fait deux pour le prix d'un.

Un sourire. À 16 h 30 précises, les portes de l'école s'ouvrent. S'en échappe un flot ininterrompu de cris. L'air qui était figé il y a à peine quelques minutes se détend brusquement. Parents au garde-à-vous, désormais au repos. Comme s'il y avait eu un doute : les portes vont-elles s'ouvrir ? Mon enfant va-t-il en sortir ? Ai-je vraiment le désir de l'attendre ? Suis-je à ma place ?

La silhouette familière apparaît. Pierre se met à fredonner. Thomas se fraie un chemin au milieu de ses camarades. Le timbre grave de Pierre résonne dans mon crâne. Un air simple et entêtant. Thomas accélère, et le chant de Pierre se fait plus clair. Mon cœur se serre à l'idée d'avoir raté quelque mystérieux rite. L'image d'Épinal illustrant le conte pour enfants du *Joueur de flûte de Hamelin* me traverse l'esprit. Thomas se jette dans les bras de son père, puis vient m'embrasser. Je me penche et pose mes lèvres sur son crâne. Sous le shampoing aux effluves marins, ses cheveux sentent la chair tiède.

Pierre s'interrompt. J'enfouis plus profondément mes narines dans la chevelure de Thomas. La voix de Pierre s'élève au-dessus de la nuée :

— Je t'ai apporté ton goûter.

Thomas lève brusquement la tête et s'empare du pain au chocolat. Une saccade nette, de la pointe du menton jusqu'à mes lèvres. La douleur irradie dans mon nez, sèche comme une gifle.

Ses copains l'appellent en aboyant. MARVIN. Une demi-heure qu'il enchaîne les allers-retours sur l'escalier en bois du toboggan. Il pousse les plus jeunes, les empêche de passer, se pend au-dessus de leurs frimousses hébétées qu'il frôle en s'esclaffant. Il est grand. Un mètre trente ou quarante. Trop pour le square sur la grille d'entrée duquel il est inscrit « Jusqu'à six ans ». Ses baskets blanches clignotent à chaque enjambée. Sa bande s'approche. Certains sont en bas de l'installation, à trépigner d'excitation, d'autres sont perchés sur les toits des maisonnettes en plastique de l'aire de jeux. Ils crient. Des mots sauvages. Parfois de simples borborygmes. Qui déclenchent des signaux mystérieux. Je plisse les yeux, vitrifie mon regard et songe à une tribu de nains grossiers dansant la sarabande.

Dernier jour avant les vacances. Le ciel est blanc, les arbres noirs. Je scanne le square. Nounous, parents, grands-parents. Tout le monde est au téléphone. Un groupe de préadolescentes squatte un banc. Cheveux lissés comme des héroïnes de manga, Doc Martens aux pieds, elles fument des roulées en faisant des selfies. Leurs bouches sont propulsées vers l'avant, leurs têtes, balancées sur l'épaule, leurs paupières, lourdes de désirs méconnus. La cendre poudroie l'assise du banc comme de la neige, la fumée enrobe les visages des enfants d'un halo crépusculaire. Marvin a accéléré la cadence. Ses sbires font la queue sur la passerelle en corde, sautant si fort que toute l'installation se met à trembler. Une fillette, trois ou quatre ans, s'agrippe à la rambarde, l'air terrorisé. Avec son anorak rose bonbon à capuche, elle ressemble à une petite fraise. Coup d'œil à gauche puis à droite, je ne vois pas ses parents. J'avise un duo de gardiens de la paix emmitouflés dans des parkas bleu marine. Au téléphone également. Mon cœur est un tambour, ma main, prête à frapper.

— Maman, regarde-moi !

Un peu à l'écart, Thomas est perché sur un gros canard béat monté sur ressort. Il me fait de grands signes.

— Je te vois, mon amour !

Le chef de gang à chaussures néon porte un simple T-shirt malgré le froid. Il se rapproche de mon bébé. Le frôle. Je marche comme une cambrioleuse sur le sol en caoutchouc fait pour absorber les chutes. Thomas continue à osciller sur ses ressorts.

— T'as quel âge ?

Je crache dans l'air froid. Mes yeux débordent de venin.

— Pourquoi vous me demandez ça ? rétorque le gamin, l'air offusqué.

— Tu mesures combien ?

Il hausse les sourcils comme s'il avait affaire à une démente, puis s'ébroue tel un cheval. L'atmosphère s'imprègne de sueur.

— Où sont tes parents ?

Là, il répond, fier comme un soldat :

— Je suis tout seul, ils sont partis faire des courses.

— Et tu sais lire ?

Ses yeux s'agrandissent. Des pupilles d'un vert lagon indécent.

— Oui, pourquoi ? Sérieusement, pourquoi vous me posez toutes ces questions ? On ne se connaît pas !

Il a une dizaine d'années et parle déjà comme une petite frappe. Les autres se sont rapprochés, vidant le toboggan, la passerelle en corde et les toits sur lesquels ils frappaient tous en cadence, comme possédés. Les petits, qui pataugeaient dans le bac à sable depuis une heure, ont réinvesti l'installation, volée de moineaux emmenés par le vent. Thomas a quitté son canard, lequel dodeline de plus en plus doucement. Il se tient tout en haut du toboggan, prêt à s'élancer sur le métal glacé, la petite fraise entre ses cuisses.

— Vous n'avez pas le droit d'être là, vous faites peur aux petits ! Alors je vous le demande gentiment, mais allez-vous-en. Merci.

La meute s'agite en maugréant des insultes. Les filles qui fumaient ont disparu. L'obscurité va tomber.

— Thomas, tu fais un dernier tour et on y va !

La petite fraise sanglote. Je sens soudain quelque chose de tiède effleurer mes lèvres. Je porte ma main à ma bouche tandis qu'ils glissent au ralenti sur le toboggan. Thomas s'éjecte d'un bond sur le sol caoutchouteux, bousculant la fillette qui se met à ramper vers le bac à sable en reniflant. Il s'approche.

— Maman ! Tu saignes du nez !

Le dos de ma main est rouge. J'extirpe un mouchoir de ma poche tout en basculant ma tête vers l'arrière. Sa voix aiguë tranche avec la rumeur floue qui s'évanouit dans le square bientôt désert.

— Je peux voir ?

La curiosité, un mélange de convoitise et de désir, imprègne son regard luisant. Ses lèvres sont béantes. Traits fixes, yeux écarquillés sur mon visage ensanglanté. Il insiste, tonalité sans substance comme un timbre de synthèse :

— Ça va, maman ?

Il ne me quitte pas des yeux. Le sang s'est arrêté. J'en ai sur les mains, mon manteau, mes chaussures. Il se penche, trace du doigt une croix sur le cuir d'une de mes bottes noires, puis, sans me quitter des yeux, porte son index jusqu'à sa bouche. Il fait nuit.

Je parle trop fort, j'en rajoute. J'exagère, tempère Pierre. Il achève d'empaqueter ses affaires dans notre chambre, sa valise grande ouverte sur le lit. Ses chemises pliées au carré viennent rejoindre une pile de caleçons bien repassés. Cela sent la lavande et la fleur d'oranger.

— Le gamin faisait peur à tout le monde, et personne ne disait rien. Je te jure, j'étais la seule à réagir ! Il aurait pu pousser Thomas, lui écraser la tête que ça n'aurait gêné personne.

Pierre s'attaque à sa trousse de toilette.

— Tu m'écoutes ?

— Je suis fière de toi, ma chérie, je savais que j'avais eu raison de me marier avec une psychopathe, répond-il en pliant une paire de chaussettes.

Sur le point de répliquer, j'entends des pas dans le couloir. Une seconde plus tard, Thomas pénètre dans la chambre.

— Papa, tu pourras me chanter la suite de la comptine ?

Avec son pyjama brodé d'un écusson qui fait ressortir ses yeux pâles, sa peau brune et son épée en plastique qu'il brandit d'un air solennel, il ressemble à un petit chevalier. Je fronce les sourcils, me masse doucement les tempes. Mon sang dans sa bouche, sa pupille vorace. Et si j'avais tout imaginé ?

Pierre lève les yeux :

— J'arrive.

Puis il se tourne vers moi.

— Va prendre un bain ma chérie, je vais coucher le petit bonhomme.

Je fais couler l'eau. Rapidement, la salle de bains se remplit de vapeur. Je me déshabille. Dans le miroir embué, ma silhouette mince est floue. Celle d'une vieille femme. Je frotte la glace humide. Un œil noir apparaît, un sein vidé, un ventre rond, des jambes de gazelle. À quel moment Thomas s'est-il immiscé entre Pierre et moi ? J'aime mon fils à un point tel que l'emploi du verbe *aimer* semble hors sujet. Quand je lui dis que je l'aime, je ressens l'approximation de cette affirmation avec une telle acuité que je cherche aussitôt une vérité ailleurs. Que je ne trouve jamais. « Je t'aime, mon bébé. » La répétant malgré tout, cette phrase, je mesure combien elle semble inhabitée. J'aimerais parfois revenir au temps d'avant, quand je formais avec Pierre un duo lié par une passion qui semblait inextinguible.

La porte de notre chambre s'entrouvre. Du bruit dans le couloir. Pierre et Thomas se suivent en chantant, comme en procession. Leurs voix mêlées finissent par s'éteindre, absorbées par les murs de l'appartement.

La pluie, tombée toute la nuit, ne les a pas empêchés de partir à la première heure en forêt. Sans leur présence, il règne dans la maison une paix ouatée, presque inquiétante.

Lundi 8 novembre 2021

Nous sommes arrivés vendredi soir, tard. Pare-brise verglacé, la vieille Renault de Pascal nous attendait à la gare. Et nous ne sommes pas encore en hiver. L'habitacle sentait la moquette poussiéreuse et la sciure. Nous avons roulé pleins phares dans la campagne déserte, chauffage au maximum. J'avais le ventre retourné. Quand Pierre s'est garé devant la maison, un grand silence a éclaté. Thomas s'était endormi à l'arrière, menton sur le thorax.

La maison froide était de cendre et de cire. Deux jours léthargiques ont passé. À l'étage, j'ai aménagé la lingerie encombrée en petit bureau avec vue sur le jardin, mais je peine à trouver l'inspiration. La semaine dernière, pour

Halloween, la maîtresse de Thomas a organisé un concours de dessins sur le thème « Y a-t-il un monstre parmi vous ? » Quand je suis allée le chercher, après lui avoir donné son goûter, Thomas m'a tendu son œuvre. « Tiens, maman, j'ai fait ton portrait ! » a-t-il clamé en m'embrassant. « Alors je suis un monstre ? » ai-je demandé d'un ton faussement détaché tandis que nous nous engagions sur le trottoir. « Mais non, maman, mais je n'ai trouvé que toi comme inspiration ! » Il a arraché une bouchée de son morceau de pain, remonté les bretelles de son cartable d'un coup de reins, puis demandé si on partait toujours à la campagne pour les vacances de la Toussaint. À toutes ses questions j'ai répondu oui en me plongeant dans la vision cauchemardesque. Longues jambes, cheveux noirs, yeux marrons, c'était bien moi. Avec des pupilles crachant des éclairs, des serpents en guise de cheveux, des jambes couvertes d'épines. J'avais l'air d'une folle.

Il n'y a rien de pire que l'innocence. Je referme mon ordinateur d'un coup sec puis avise la pile de livres que j'ai posée sur mon bureau. Je détourne mon regard. Une grosse araignée au corps brunâtre file sur le plancher. Je la suis des yeux jusqu'à ce qu'elle disparaisse dans la plinthe du mur. Il est bientôt 10 heures. L'heure de la réunion du lundi. M. Launay en bout de table, ses collaborateurs répartis autour de lui pour discuter du planning de la semaine. Le café et les petites bouteilles d'eau que je buvais à la chaîne pour éviter de plonger dans la corbeille débordante de viennoiseries. Une vie, ni plus ni moins. Remplie de vides et de pleins.

Un coup de feu cingle le silence. Son écho se propage avec une lenteur surnaturelle dans la campagne. Je tends l'oreille encore une minute mais le silence s'est de nouveau abattu comme une nappe de velours. Je jette un œil à mon téléphone portable. Personne n'a appelé. Une seconde détonation. J'avale une gorgée de mon thé froid. Dehors, l'azur du début de matinée a viré au sépia.

Derrière les volets, les ténèbres sont encore là. Pierre a disparu. Sur ma table de chevet, mon téléphone portable indique 8 h 18. Je reste immobile quelques instants. À l'arrêt, oreilles tendues. Ma cornée déshydratée, pupilles recouvertes de sable, accompagne une migraine légère. Je m'étire et une douleur sèche irradie dans tout mon corps, comme si j'étais devenue un simple tas d'os.

La vision du lapin aux dents jaunes et au pelage visqueux qui m'attend en bas, dans le réfrigérateur, achève de me réveiller. « Et voilà le dîner ! », c'est ce qu'a décrété Pierre la veille en me le tendant d'un ton guilleret, comme s'il s'agissait d'un bouquet de fleurs.

Le jour se faufile par tous les interstices, criblant de touches opalescentes le papier peint, le tapis sur le parquet, le couvre-lit. Les taches pastel s'agrandissent seconde après seconde, se rejoignant par endroits pour dessiner d'étranges formes qui confèrent à la chambre une apparence inhabituelle. J'entends les bruits d'une conversation. Pierre doit être en bas, en train de préparer le petit déjeuner de Thomas. C'est seulement le quatrième jour de vacances, et nous avons déjà nos habitudes. Quand nous reviendrons à Paris, chacun d'entre nous retrouvera sa vie. Comme si nous étions des personnages en pâte à modeler, corruptibles à l'envie. L'idée de ce cycle sans fin me donne le vertige. La voix grave de Pierre alterne avec celle, fluette, de Thomas.

L'aiguille se rue sur moi sans prévenir. Aimantée par un point précis dans ma poitrine. Qu'elle charcute suffisamment longtemps pour me couper le souffle. Ils sont en train de chanter à l'étage. J'entends maintenant des rires. Celui d'ogre de Pierre, entrecoupé par les éclats surexcités de Thomas. Cela vient de la lingerie. Je me redresse puis me lève enfin pour tirer les rideaux, ouvrir les volets. Deuxième journée de pluie. Le jardin est détrempé. Je frissonne dans mon T-shirt de nuit trop grand, respire l'air gelé. Par endroits la boue a remplacé l'herbe. Je tente de balayer l'angoisse en respirant très fort. L'air est spongieux. Derrière moi, de l'autre côté de la cloison, les rires reprennent de plus belle.

Pierre se balance sur la chaise que j'ai remontée hier de la cave. Son corps robuste occupe la pièce comme s'il en était déjà le maître, ou plutôt comme si elle lui avait toujours appartenu. Cuisses écartées, désinvolte, il tapote du bout des doigts l'extrémité des accoudoirs. En face, Thomas est lové sur le vieux canapé que j'ai recouvert d'un plaid. Encore en pyjama, il a posé ses pieds nus sur les coussins flétris que j'ai ornés de vieux foulards. Une paire de ciseaux découpe mes entrailles. Pierre a repoussé mon ordinateur pour y poser sa tasse de café. Les talons de ses pieds nus, larges comme des mains, cognent en cadence sur le parquet. Sa main droite fait tournoyer le stylo que David m'a offert. Dans un sens, il rebondit sur son pouce. Puis dans l'autre, sur la tranche de l'auriculaire. Une araignée aux poils bruns – est-ce la même qu'hier ? – court le long de la pile de livres que j'ai déposée sur ma table de travail. Pierre suit mon regard. D'un souffle bref, le geste d'un magicien, il éjecte l'arachnide hors de ma vue.

— Très agréable, ton bureau, s'exclame-t-il avant même que je n'ouvre la bouche.

Il a tiré les rideaux de velours fanés, laissant pénétrer un jour blafard dans la pièce.

— Vous n'allez pas dans le salon ?

J'ai crié.

— Bonjour, ma chérie, reprend aussitôt Pierre, comme s'il répétait une scène d'exposition ratée.

Son « bonjour », son « ma chérie » me rappellent qu'il est l'homme que j'ai épousé, le père de Thomas. Je me penche pour l'embrasser.

— Tu ne nous prêtes pas ton petit refuge ? demande Pierre.

Thomas me fait une place à côté de lui.

— Tu t'assois, maman ?

Petit chat, petit loup,
Petit tigre, petit ours,

Pierre se met à fredonner. Thomas lui donne la réplique, des yeux comme des billes.

Petites dents, grosses dents,
Petites griffes, grosses pattes,

Pierre se lève pour esquisser un pas de danse. La chaise bascule sur le sol. Thomas éclate de rire. Puis saute du canapé. Ses pieds menus se posent sur les traces de son père.

— *Petit chat, petit loup, petit tigre, petit ours !* scande Pierre en fendant l'air, les bras tendus.

— *Petites dents, grosses dents, petites griffes, grosses pattes !* répond Thomas, sautillant de plus belle.

La pièce tournoie.

Mercredi 10 novembre 2021

Nous nous sommes mariés en grande pompe. C'est l'expression consacrée. Thomas était déjà là. Devant le prêtre, à la sortie de l'église, lors du cocktail, pendant les discours et la soirée. Une esquisse de petit garçon, à peine quelques centimètres d'embryon nichés entre mes viscères.

Pour la réception, Pierre avait tenu à louer un gîte situé à une quinzaine de kilomètres de la maison de ses parents.

*C'est Pascal qui m'a menée à l'autel. Démarche rigide, une forte odeur d'*Égoïste *imprégnant sa lavallière négligemment nouée autour de son cou. J'avais trouvé la fantaisie inadaptée. Son parfum m'avait donné la nausée, mais quand Pierre avait interrogé ma pâleur en chuchotant j'avais baissé le regard sur mon ventre.*

Je l'aimais follement. Son corps sculpté par les heures d'escalade pratiquées pendant sa jeunesse. Son ambition, qui pourtant ne se matérialisait à l'époque que par des déclarations péremptoires, promesses qu'il ne faisait qu'à lui-même et dont j'étais le témoin émerveillé. J'adorais sa manière de m'aimer, aussi, protectrice, un rien paternaliste, parfois même envahissante. Que cet homme sûr de lui m'ait choisie me remplissait de fierté.

Aujourd'hui, quand j'évoque cette journée, je ne peux m'empêcher de songer à un détail en particulier.

Nous avions décidé de nous marier à l'église, non par respect du culte, mais par tradition. Je n'étais pas particulièrement fière de ce choix de classe, dépourvu de conviction. Pierre y tenait. Le décorum le séduisait, les orgues solennelles, la voûte millénaire au-dessus de nos têtes. Je m'étais ralliée à ses arguments. Après tout, notre amour ne confinait-il pas à la grâce ? Il fallait bien les anges, une présence céleste, pour bénir notre union. Quand le moment du prêche est arrivé, l'assistance s'est assise comme un seul et même corps sur les chaises en bois étroites. J'ai humé les remugles capiteux de fleurs, la pierre froide imprégnée de salpêtre. Cette odeur de sainteté, que je ne respirerai plus jamais. Pierre m'a fait un clin d'œil, et le prêtre s'est avancé vers son pupitre.

S'adressait-il à nous, à l'assemblée, à lui-même ? Croyait-il en un Dieu punitif, en une foi synonyme de souffrance ? Toujours est-il que le ton adopté fut celui du pardon, du mensonge, des ténèbres et de l'irrévocable pesanteur du foyer. La leçon de malheur dura vingt minutes qui me révoltèrent. Je n'avais pas la foi mais, s'il y avait jamais eu une once de doute en moi à ce sujet, il venait de la piétiner.

De ce sermon, je n'ai retenu qu'une seule phrase. Cette phrase que j'ai répétée dans la voiture de Pierre, scandalisée, alors que nous nous dirigions vers le gîte dans un cortège de klaxons. Il n'avait pas fait attention. Il conduisait d'une main, flairant l'air de la campagne embrasée par l'été. Plus tard, au moment du cocktail, j'ai répété ces mots à ma meilleure amie. À elle aussi, ils avaient échappé.

Pourtant, quand Esther, la sœur de Pierre, est venue m'embrasser, je les ai entendus une seconde fois :

— Félicitations, Sarah, bienvenue dans la famille…

Puis, singeant le timbre fiévreux du prêtre :

— Fais bien attention, « le mariage peut être le siège de toutes les haines »

J'ai dû rétorquer quelque chose comme « toi aussi, tu as entendu ? » J'étais rassurée.

La température a baissé brutalement pendant la nuit. En attendant que Pierre finisse de nouer ses lacets, je sautille sur place dans le jardin. L'air me brûle les poumons. Nous parcourons en trottinant la centaine de mètres qui nous sépare de l'orée du bois. Sous les arbres, l'humidité exacerbe la sensation de froid. Je frissonne dans mon legging, viens chercher un peu de chaleur dans les bras de Pierre. L'air glacé a rigidifié son torse, solidifié sa barbe de deux jours, la rendant rugueuse comme de la limaille.

— T'es prête ? demande-t-il, sur le point de décamper.

— *Let's go!*

Nous nous enfonçons dans la forêt. La brume forme des langues cotonneuses qui glissent entre les arbres comme des fantômes. Au-dessus de nous, le feuillage laisse à peine entrer la lumière. À part le craquement moite de nos chaussures de sport, il règne un silence de cathédrale. Mon cœur exulte. Mon mari, mon fils. Pierre, Thomas que l'on vient de déposer chez Françoise, la voisine, qui gardait Pierre quand il était enfant. La campagne, le refuge. Au loin l'émanation tiède d'un feu de bois. La joie pleine, organique, aussi palpable qu'une poignée de feuilles mortes que l'on froisse au creux de la main. Nous évoluons sans parler. Parfois, nous croisons de gigantesques piles de troncs marqués à la peinture rouge. Je les imagine rouler, nous écraser. J'accélère. Des cris d'oiseaux retentissent parfois, qui ressemblent à des râles de dégoût.

Le bras gauche de Pierre apparaît à cadence régulière dans mon champ de vision, fendant l'air comme un métronome.

Cela fait trente minutes que nous sommes partis, j'ai les pieds pris dans le béton. Je murmure quelques mots accompagnés d'un crachat gluant qui vient souiller ma cuisse recouverte de lycra noir :

— Vas-y, je te rejoins !

De dos, sa course ressemble aux bondissements souples d'un animal gracieux. J'expire, inspire avec peine. Expire. Pourtant, je m'entraîne. Une, deux. Les chênes et les bouleaux prennent de la vitesse. Une, deux. Mes poumons cognent. Je souffle : une, deux. Du yoga, de la course à pied. J'allonge mes foulées. Encore un peu et je pourrai toucher son épaule. Chaque année, au printemps, je prends une carte d'abonnement à la piscine municipale. J'emprunte les escaliers du métro. Je marche, cours, volerais presque, appliquant religieusement les conseils beauté des hebdomadaires féminins. Une, deux. De sérums raffermissants en jus de grenade antioxydants. À devenir timbrée. Une, deux. J'agonise. Cœur dans les tempes. Écume aux lèvres, j'ai la rage.

L'odeur ligneuse de la forêt me fait suffoquer. Une bille de plomb rebondit au fond de ma gorge. Pierre me serre dans ses bras. Sa sueur se mêle à la mienne et, l'espace d'un instant, nous ne formons plus qu'une seule silhouette qui palpite dans une gangue aqueuse.

— Bravo, ma championne ! me félicite-t-il en se détachant.

La lumière blanche a envahi la clairière piquée de sapins presque noirs où nous venons d'atterrir.

— Alors ce bouquin, ça avance ?

Pierre se penche vers le sol pour effectuer une série de pompes. Une, deux. Il souffle. Deux fois. Les veines de ses mains sont énormes. Une, deux. Le fait-il exprès ? De nouveau sur ses deux pieds, il se remet à sauter sur place, prêt à tourner les talons. Je le rattrape. Rien dans son visage sain, son profil droit et ses joues à peine rougies par l'effort ne trahit quoi que ce soit.

— Tu sais, j'en suis encore à l'état de réflexion.

Impassible, il reprend :

— À ce propos, *The Economist* m'a appelé la semaine dernière, ils veulent que j'écrive une chronique sur la cybersécurité chaque semaine, t'en penses quoi ? Tu pourrais m'aider, après tout, tu es quasiment bilingue.

Une nuée de minuscules oiseaux bruns se soulèvent du faîte d'un arbre comme une ombre. Quelques secondes plus tard, ils ont disparu.

Jeudi 11 novembre 2021

Quelques semaines avant le décès de son père, Pierre a emmené Thomas passer quelques jours en Bourgogne. Thomas n'avait que deux ans et demi, et sans doute que si je lui pose la question aujourd'hui, il ne pourra rien me dire de Pascal, cet homme colérique dont la maison est devenue notre résidence secondaire. Mais Pierre s'était mis en tête de renforcer les liens, créer des souvenirs, s'assurer d'une transmission d'homme à homme au sein du clan Barry dont il ne restait que son père, le seul et dernier des grands-parents de notre fils, puisque je n'avais plus ni mon père, ni ma mère. Je n'avais pas été dupe de la manière impérieuse dont il m'avait exposé son projet. Je devinais qu'il effectuait cette démarche davantage pour lui-même que pour Thomas. Qu'un homme comme Pierre ait besoin de son fils, même tout petit, pour affronter la mort, m'avait touchée. J'étais restée à Paris. C'était un mois avant la disparition de Pascal.

Nous étions seulement en avril mais la chaleur s'était déjà invitée dans la capitale. Les terrasses étaient envahies par une foule à lunettes de soleil qui, dès la fin de l'après-midi, sirotait des cocktails en riant comme s'il n'y avait jamais eu d'hiver. L'air de la ville frémissait, futile, volatile. Des volutes d'adolescence me frôlaient à chaque coin de rue. La fac, les retours de soirée pieds nus, escarpins à la main, l'émoi de se découvrir locataire d'une ville aussi belle. Le parfum des avenues aux arbres fleuris, la touffeur du métro, la lueur bleuâtre des façades des immeubles au crépuscule, la clarté étincelante de l'aube, la rumeur des dîners à la tombée de la nuit, tous ces détails mis ensemble avaient produit un nouvel espace-temps miraculeux. Au bureau, savoir que derrière les murs se déroulait ce spectacle, qu'en abrégeant un rendez-vous ou une réunion je pouvais y prendre part, m'exaltait.

Mais ce n'était pas qu'une histoire d'odeur, de météo ou de lumière. Chaque heure passée seule me réconciliait avec la personne que j'avais été, il y a longtemps. Ce que j'ai découvert, cette semaine-là, m'a remplie d'effroi. Je me souviens avoir été prise de vertige dès le soir du deuxième jour. Comme si je venais à peine de desserrer le cordon ombilical qui m'avait reliée à Thomas pendant neuf mois et qui s'était ensuite enroulé autour de mon cou. Il avait fallu que je me retrouve sans lui, sans Pierre, euphorique de recouvrer une liberté insouciante, pour prendre la mesure de l'aspect irréversible de ma condition de mère.

À la fin de la journée, je rentrais à pied du travail en traversant la ville tiède, dans la jouissance de savoir que personne ne m'attendait. Un soir, après avoir dîné, je suis allée m'installer dans le salon avec mon ordinateur portable. C'est là, je crois, que l'idée d'écrire un roman m'est venue pour la première fois.

Le carrelage transpire. Les gouttes jaillissent d'entre les joints comme si la maison pleurait. La douche brûlante me fait du bien. Cuisses, aisselles, sexe, pieds. Je frotte, élimine toute trace d'odeur et de fluide. Au-dessus du lavabo, le miroir n'offre aucune échappatoire.

La nappe d'un rouge visqueux forme un motif primitif sur le carrelage. Je frotte la tache du bout des orteils. Cela a commencé le mois suivant la naissance de Thomas. Comme si, en venant au monde, il avait brisé un barrage au fond de mes entrailles. Je m'habille rapidement, avale un comprimé pour soulager la nausée. Impossible d'échapper au grand miroir inquisiteur.

Mon bassin s'est élargi. La graisse de mes seins a migré sur mes hanches. Mais il ne s'agit pas que de cela. Mon squelette s'est transformé. Seules mes jambes n'ont pas bougé. *Des cannes d'étudiante fauchée ou de pouliche apeurée.*

À genoux au milieu de ses livres et de ses puzzles, Thomas joue dans sa chambre. Je l'observe du pas de la porte. Ces moments passés à la campagne lui font du bien. Ici, je le vois s'épanouir, grandir. Grossir. Devenir quelqu'un d'autre, même.

Jeudi 11 novembre 2021

Foutre le camp à l'autre bout du monde. Les romans d'aventure dans la bibliothèque du grand-père, les publicités dans les magazines achetés à la gare, les bannières Internet qui défilent sur mon ordinateur, tout est un appel au voyage et je ne suis qu'immobilité. Cela m'est arrivé plusieurs fois depuis la naissance de Thomas, mais jamais avec autant d'intensité. Quel est cet ailleurs utopique qui pansera mes plaies ? Quel est ce fil vénéneux qui me relie à mon fils, plus solide qu'une toile d'araignée ? Je ne passerai jamais le cap. Je n'ai pas l'étoffe d'une héroïne. Je suis une bonne mère, une épouse digne. Personne ne devine la violence.

Je me relis à voix haute. Supprime une virgule, ajoute un mot. Et toujours pas l'ombre d'une idée. Je referme mon ordinateur.

En ouvrant le réfrigérateur, un remugle acide s'infiltre dans mes narines. Je tâte le sac plastique. Deux jours plus tard, le corps étroit est devenu complètement rigide. Pierre n'est pas rentré du marché.

Il répond à la première sonnerie.

— Je suis en route !

Il hurle comme s'il était coincé dans une tempête de blizzard.

— Faut que tu lui ouvres le ventre !

J'avale ma salive. Pierre poursuit, sans cesser de crier :

— Une fois que tu as fait ça, tu lui enlèves les viscères, après il ne faut pas que t'oublies de lui couper les pattes !

J'allume la bouilloire. Est-ce qu'il a fait cela toute sa vie ?

— D'accord, et ensuite ? je reprends, hésitant à sortir une pizza du congélateur.

— Tu lui tranches les oreilles puis tu retrousses la fourrure pour dégager sa tête, toute la peau devrait se décoller facilement. Mon père disait que c'est pareil que d'enlever un pyjama à un nourrisson ! Ou de retourner un gant.

Sacré Pascal, ne puis-je m'empêcher de penser en avisant successivement la poubelle puis le linceul de plastique renfermant la dépouille du lapin.

Vendredi 12 novembre 2021

Ce matin, en me coiffant, j'ai senti un nœud au niveau de ma nuque. Mon peigne résistait. Cela formait une boule de cheveux dure que j'ai fini par arracher. J'ai continué à me coiffer, avec la sensation qu'ils se détachaient un à un de mon crâne. C'était étrange, mon cuir chevelu crépitait. À la fin, ma brosse était noire de cheveux.

Pendant que Thomas jouait dans sa chambre, après le déjeuner, nous avons fait l'amour. J'ai parfois l'impression que Pierre se sert de mon corps, de mon vagin, comme d'une main géante qui le masturberait. En réalité, nous ne faisons pas l'amour, Pierre se branle dans mes orifices jusqu'à ce que son sperme se répande dans mes entrailles.

Il est grand, large. Un corps robuste de sportif qui détonne à Paris, partout où nous allons, à des dîners, des soirées, chez des amis. Sa beauté âpre semble venir d'un autre âge.

Cette semaine, nous sommes allés courir dans la forêt. Pierre a adapté son allure à la mienne. Lente. Encombrée. Son corps éclatant de vie aurait dû être en symbiose avec la nature glacée. Mais j'étais là. Je me suis souvenue d'une époque révolue, peut-être même imaginaire, où mon corps se serait calqué sur son rythme fluide. Je lui ai enjoint de me semer.

En rentrant à la maison, j'ai fait quelques mouvements de yoga sur le tapis du salon. Puis j'ai sauté sur place de longues minutes. Genoux à la poitrine, puis genoux aux fesses. Le miroir au-dessus de la cheminée renvoyait l'image d'une folle. Je ne sais pas pourquoi je sculpte mon corps puisque je n'en suis jamais satisfaite, sinon à rebours, sur photo, quand je prends conscience trop tard que j'ai été cette femme.

Les vacances s'achèvent, et je n'ai rien écrit. Demain, nous repartons pour Paris. Lundi, Pierre ira travailler, j'accompagnerai Thomas à l'école. À 9 heures, je serai seule.

— Maman, tu viens faire un puzzle avec nous ?

La voix insistante de Thomas traverse mes bouchons de cire. La porte laisse pénétrer un fumet gras de cuisson dans mon bureau. Probablement le lapin. Des volutes de chair grillée se sont répandues jusqu'à l'étage, imprégnant les murs, annulant toute autre effluve, cendres, fumée, parfums, lessives, vieux livres et poussière.

— Je descends dans quelques minutes, mon chéri, je réponds en parlant trop fort, un doigt dans l'oreille.

La cire s'insinue sous mon ongle. J'attrape le bouchon entre le pouce et l'index, baisse d'un ton :

— Dis à papa que j'arrive.

Thomas ne bouge pas, l'odeur d'huile bouillante et d'herbes aromatiques se fait plus pesante dans la pièce. Je l'observe quelques instants. À moins que cela ne soit lui qui m'observe, arrachant l'une après l'autre, d'un seul regard, les couches de vêtements et de chair qui dissimulent ma vérité. Mes organes, mes tripes, mes névroses, mes haines. L'espoir, l'effroi, la joie. Du rez-de-chaussée s'élève la voix de Pierre qui fredonne. Thomas. Mon fils, mon amour, mon mystère.

— Maman ! Regarde ! Une araignée !

Je la reconnais, à moins qu'il ne s'agisse d'une autre. Trapue, recouverte d'un duvet brun, elle court sur le plancher, juste sous mon bureau, à quelques millimètres de mes pieds nus. J'observe l'arachnide quelques instants. Elle hésite. Passer outre mes orteils, escalader cette montagne de chair et d'os, ou bien contourner le problème et s'échapper à tout jamais par la plinthe du mur ?

— Elle va te piquer, maman !

À genoux sur le sol, Thomas suit à distance raisonnable son manège. Son pantalon en toile de jean, acheté il y a moins d'un mois, semble déjà trop court, tout comme les manches de son pull-over. « Poussée de croissance », dirait son pédiatre d'un air rassurant. « Tout va bien. »

Scène jouée *ad nauseam* depuis la nuit des temps. *Tout va bien.* « Araignée du soir, espoir. » Je m'accroche au dicton quelques secondes, avant de claquer le talon d'une de mes chaussures sur le corps bombé de l'arachnide. Thomas sursaute, me jette un regard perplexe, puis éclate d'un rire qui me semble forcé.

— Tu l'as tuée, maman ! Elle va se venger !

À l'aide d'un ticket de métro corné, je racle le cadavre resté collé à la semelle dans la poubelle. Je regrette mon geste. Je ne le comprends pas.

— Va voir papa, je vous rejoins, c'est promis, je dis, remarquant que le cuir souple de ses chaussons commandés juste avant de partir laisse entrevoir la forme de ses deux gros orteils.

« La fugue des feuilles noires, sur la terre de novembre,
Le ciel blanc et lourd de fumée,
Les jours comme les nuits se fracassent,
Dans l'atmosphère gelée. »

— Dis-moi, ma chérie, c'est gai ce que tu écris ! Je vois que la campagne t'inspire, mais rassure-moi, ce n'est pas ça, ton roman ?

Après avoir avalé son chocolat au lait, Thomas a claqué la porte vitrée qui donne sur le jardin. Une fine couche de givre s'est déposée sur les carreaux pendant la nuit. Derrière la buée, sa silhouette est floutée. Un spectre insaisissable dont les mouvements en pointillé n'obéissent à aucune règle.

Pierre scande mon poème. « La fugue des feuilles noires, sur la terre de novembre. » J'étais persuadée d'avoir laissé mon carnet avec mon ordinateur, dans mon bureau. « Le ciel blanc et lourd de fumée. » La porte de la cuisine s'ouvre d'un coup sec, faisant pénétrer un filet d'air glacé. Thomas, visage écarlate, amène avec lui une odeur de feuilles et de mousse humides. Après s'être débarrassé de son anorak, il se jette dans les bras de Pierre. « Les jours comme les nuits se fracassent. »

— Qu'est-ce que tu dis, papa ?

Pierre secoue sa tête de gauche à droite, écarquille les yeux. Gestes mécaniques de guignol maléfique. La scène se déroule devant moi sans que j'y prenne part. Thomas s'obstine :

— C'est une nouvelle comptine ?

Il ouvre de grands yeux curieux tout en enlevant son gros pull de laine. Une odeur de sueur chaude se répand dans la cuisine. Pierre boit une gorgée de son café, puis repose sa tasse sur le plan de travail. Ce n'est qu'à ce moment-là que je repère mon carnet, entre la machine à café et la boîte en fer où nous rangeons le sucre. Je n'ai aucun souvenir de l'avoir laissé là. J'ouvre la bouche, mais ne parviens à émettre qu'une sorte de gargouillis qui met en joie Thomas. Pierre reprend la parole, et tout gèle autour de lui :

— Maman est une grande poète !

Thomas répète. « Grande-poète grande-poète. » Un cauchemar.

— Tu peux arrêter, s'il te plaît ?

Un serpent ondule le long de ma colonne vertébrale.

— Mais je plaisante, ma chérie, tu sais bien que ce n'est pas pour cela que je t'aime !

Derrière lui, Thomas s'affaire en chantonnant. « Grande-poète grande-poète. » Les portes du réfrigérateur s'ouvrent, puis se referment.

— J'ai faim, maman !

— Allez, Thomas, tais-toi, visiblement, maman a perdu son sens de l'humour…

Il me jette une œillade de théâtre burlesque.

— Viens dans mes bras !

Je me détache aussitôt. Au-dessus de l'évier, une tache noire. Qui galope sur le carrelage jauni.

— Au lieu de te foutre de moi, tu pourrais faire quelque chose, on est envahis par les araignées !

— Je vais essayer de trouver un insecticide ou des fumigènes au village… Mais ne me dis pas que tu as peur des araignées.

Je ne réponds rien, toute concentrée à tenter de calmer la fureur qui monte en moi. Pas devant Thomas. Pierre poursuit en brandissant un livre épais.

— Tu devrais lire cet excellent traité d'entomologie qui appartenait à mon père, il y a tout un chapitre sur les araignées : sache qu'à part quelques espèces d'Asie du Sud-Est et d'Afrique elles sont complètement inoffensives.

Il pleut depuis la veille. Nous avons traversé Paris en taxi comme si nous étions dans un véhicule amphibie au milieu d'un gigantesque aquarium. Après avoir fait couler un bain pour Thomas, j'ai pris rendez-vous avec Pia.

Pieds nus, vêtue d'un sarouel noir qui la fait ressembler à une guerrière moghole, celle-ci miaule ses instructions :

— Enlevez vos vêtements, puis enfilez la culotte jetable. Ensuite, sur le ventre, dos vers moi, tête dans le trou.

Ses paupières fendues, énigmatiques stores baissés sur des pupilles quasiment invisibles, balayent une dernière fois la pièce.

— Je reviens dans cinq minutes, prenez votre temps.

J'inspire les sucs. Lambris tièdes infusés au camphre et à l'eucalyptus, crèmes, huiles et onguents. Un cocon.

À son retour, je suis à moitié assoupie. Sa voix d'homme, débit de machine à écrire, ne prononce que cinq mots. Les plus importants.

— Vous avez mal quelque part ?

Je pense à mon ventre gonflé de sang qui me torture depuis trois jours.

— Le bas du dos s'il vous plaît, je réponds d'une voix désinvolte.

Comme si ce massage était une futilité. Pas la drogue que ces séances sont devenues depuis la naissance de Thomas. Drogue dure, mais douce. Aussi chère que de la cocaïne. Pierre n'est au courant de rien. J'ai honte de tout l'argent dépensé et d'avoir besoin des mains de Pia sur mon corps plutôt que des siennes. Elle s'élance sur mon dos, mes cuisses, mes jambes, mes pieds. Elle palpe, tapote, pince puis caresse. Sous ses doigts musclés ma carcasse devient liquide.

Une heure plus tard, j'introduis ma clé dans la serrure. Pierre s'est installé devant la table basse du salon, où il pianote sur son ordinateur.

— Holà, ma chérie, j'ai dû revenir après mon rendez-vous, j'ai oublié mon chargeur et ce con de Sylvain n'en avait pas à me prêter.

Il jette un coup d'œil à son écran de téléphone portable puis ajoute :

— Je m'en vais dans deux heures !

Déjà reparti au pays des *malware*, *fishing* et autre *backdoor*, il a repris son masque de travail. Traits tendus, bouche propulsée vers l'avant, sourcils froncés, œil vitreux auquel il ne faut pas se fier. Pierre, à ce moment précis, est ailleurs. Loin, très loin. Un pays de contrats et de chiffres, d'écrans et de menace cybernétique. Un pays qui rend sourd et aveugle.

Je me sers un grand verre d'eau dans la cuisine puis m'enferme dans la chambre de Thomas avec mon ordinateur. Allongée sur son lit, le dos calé contre son oreiller à l'effigie du *Livre de la jungle*, j'ouvre le document Word créé la semaine dernière. *Le premier jour du reste de ta vie.* Les huit mots percutent mon cortex. Je fais défiler les quelques pages noircies à la campagne. Il s'en dégage un relent de pourriture.

Je passe la main sur mon visage. Ma peau sèche crisse sous mes doigts. Mon dos, grêlé d'aspérités identiques à des grains de sable collés par l'huile, est soudé à mon chemisier. Je me remets une mèche de cheveux derrière l'oreille, avise les livres et les albums dans la bibliothèque, le bac rempli de jouets de bébé qu'il faudrait que je donne, le poster de train accroché de guingois par Thomas, les pelotes de poussière sur la moquette. Chez les voisins du dessus, un téléphone posé sur le plancher vibre à intermittence régulière. Côté rue, un camion de pompiers vrille la chaussée puis s'éloigne. La pluie ne s'est toujours pas arrêtée.

Je me précipite dans la salle de bains. Crème sur le visage, cernes noirs. J'ai l'air épuisée. Débarrassée de ma jupe, de mon chemisier et de mon gros pull en laine, je m'installe sur la balance. Bip, bip. L'instrument de torture oscille puis finit par s'arrêter. Soixante kilos tout ronds. Trois kilos de moins qu'avant les vacances. Soixante kilos.

Le chiffre de mon adolescence, celui de mes vingt ans. Légèreté, insouciance, liberté. Dans le miroir, je suis belle comme une page de magazine.

De retour dans la cuisine, j'allume la radio. Pierre me rejoint. Il est sur le départ. La fréquence grésille, puis se stabilise. Une voix d'homme crache sa dose d'infos toxique tandis que j'appuie sur la machine à café. Soixante kilos. Je suis svelte et papillonne, je suis une jeune fille. Maladroite. Pierre me regarde éponger le café que je viens de répandre sur le plan de travail. Je sens son corps se tendre, l'atmosphère s'épaissir comme une nausée. Le journaliste enchaîne sur les news tech du jour :

« *À Marseille, l'une des plus importantes succursales de la BNP a été victime d'une cyberattaque. Des hackers ont piraté un service de partage de fichiers qui était fourni par une société britannique de traitement de données informatiques, utilisé par la BNP. Par ailleurs, l'apparence du site Internet a été complètement modifiée pendant une vingtaine de minutes. Des données commerciales et sensibles ont pu être consultées. Les investigations sont en cours.* »

Le téléphone de Pierre se met à sonner. Il me fait signe de baisser, puis disparaît dans le salon. À son retour, cinq minutes plus tard, il irradie une joie animale.

— Sarah, devine qui vient d'appeler ?

Comme je ne dis rien, il reprend, imitant avec affectation son interlocuteur :

— « Je suis bien en communication avec M. Pierre Barry, le fondateur de NoHack ? Je travaille à la rédaction de

BFM TV, on aimerait vous inviter pour avoir votre point de vue en direct ce soir. C'est au sujet de la cyberattaque qui a eu lieu à Marseille ! »

Je n'ai pas le temps de le féliciter. Le prendre dans mes bras. Mon élan stoppé une nouvelle fois par la sonnerie stridente. Un geste de sa main, net, précis comme une sculpture dans l'atmosphère. *Silence !* Il raccroche quelques minutes plus tard, le sourire du chat sur son visage.

— C'est *The Economist* cette fois-ci ! Je vais devoir y aller !

Je l'accompagne jusqu'à l'entrée. Blouson sur le dos, ordinateur et téléphone à la main. Puis très vite sa voix, fondante :

— Sylvain, c'est moi, t'es toujours à l'espace de co-working ? Devine…

La suite se perd dans la cage d'escalier. Deux tours de clé machinaux m'enferment. Comme si Pierre était revenu dans un appartement vide et que l'échange que nous venons d'avoir n'avait jamais existé. Je me recroqueville, ternie. La satisfaction d'avoir perdu du poids est devenue le symbole de ma disparition.

Je suis devant l'école à 16 h 30. Le temps d'échanger quelques mots avec une maman, Thomas déboule, le cheveu en bataille, des miettes de son goûter collées sur ses lèvres pleines. Des camarades de classe le rejoignent, tous parlent fort. Un brouhaha intense. Non loin, je distingue la maîtresse, une grande rousse au profil aquilin, toujours vêtue de manteaux de couleurs vives l'hiver et de robes fleuries l'été. Elle me fait signe.

— Bonjour, madame, vous avez passé de bonnes vacances ? lance-t-elle en m'entraînant à l'écart.

Je réponds à son salut, sans me douter de ce qui va succéder.

— Je ne veux pas vous inquiéter, mais ce n'est pas la première fois que cela se produit…

Sa voix, à la fois suave et aiguë, qui m'a frappée la première fois que je l'ai entendue, devient inaudible. Après une pause, elle poursuit :

— J'ai estimé qu'il était de mon devoir de vous prévenir…

À quelques mètres de nous, Thomas est désormais seul sur le trottoir. Je la coupe :

— Que se passe-t-il ? Je vais devoir y aller, c'est urgent ?

Sa réponse, comme on se débarrasse d'un colis malodorant :

— Ce matin, pendant la récréation, Thomas est tombé dans la cour.

Mon ventre se serre. Je cherche un appui solide autour de moi, mais la voix de craie continue :

— Juste avant la sonnerie, je l'ai surpris sous le préau…

Je ne peux m'empêcher de l'interrompre :

— Et ?

Cette fois, la crécelle parle d'une traite. Puisque je ne suis pas capable de l'écouter, puisque je ne respecte pas son goût du spectacle, son sens de la mise en scène, elle va se venger. Et je vais regretter de ne pas avoir compris qu'il s'agissait non pas de ménager ses effets, mais de me ménager, moi. Je vais vouloir revenir au temps de l'innocence, mais ce sera vain.

— Il léchait son genou ensanglanté.

Je reste silencieuse. Elle achève en me regardant comme on scrute une créature monstrueuse :

— Pour ne rien vous cacher, ce n'est pas la première fois qu'un tel incident se produit. Je l'ai vu faire la même chose à la cantine la semaine dernière, avec une camarade qui s'était écorché le doigt en épluchant un fruit.

— Bonjour madame, vous avez rendez-vous ?

La voix est juvénile. Sensuelle. En accord avec le visage parfaitement maquillé de l'hôtesse d'accueil. Ses ongles rouges pianotent sans discontinuer sur le clavier de son ordinateur. Peau douce, vernis brillant. Je surprends mon propre reflet, long et informe, dans la paroi vitrée d'un bureau. La dernière fois que je suis venue, c'était pour une radio. Je venais de faire une chute dans les escaliers du métro. Je n'oublierai jamais l'image de mon crâne sur l'écran lumineux. Orbites vides, mâchoires décharnées, deux rangées de dents collées l'une sur l'autre. Une vanité. Ou un aperçu de ma propre mort. Finalement, il n'y avait rien.

Il règne dans le centre médical une chaleur rêche. Je me débarrasse de mon manteau, puis avise une fontaine à eau. La voix, maintenant un peu criarde, s'impatiente :

— Madame ? Vous avez rendez-vous ?

Dix minutes plus tard, un homme en blouse blanche me fait signe de le suivre. Après les questions d'usage

– âge, poids, traitements suivis, antécédents médicaux –, son diagnostic tombe : anémie.

— Pour être plus précis, vous souffrez d'une carence en globules rouges.

Après s'être raclé la gorge, puis avoir observé son écran d'ordinateur en fronçant les sourcils derrière ses lunettes, le médecin reprend :

— Avez-vous des règles abondantes ?

Je médite quelques secondes sur les litres de sang que j'expulse chaque mois. J'ai tout essayé. Retiré mon stérilet, repris la pilule.

— Oui, on peut dire ça, je réponds, espérant qu'il trouve une solution miracle.

— C'est ce qui explique sans doute votre fatigue. Je vais vous prescrire une cure de fer. Si après quelques semaines vous n'observez pas d'amélioration, il faudra chercher ailleurs et faire des analyses plus poussées. En attendant, faites une prise de sang cette semaine, et demandez au labo qu'ils m'envoient les résultats, nous nous reverrons à ce moment-là.

De l'autre côté de la vitre, mon regard est happé par la silhouette de l'hôtesse d'accueil dont la queue-de-cheval frémit à chaque mouvement. Elle est pimpante, rayonnante. Vingt ans et la certitude d'être aimée.

— Voilà, je vous l'ai écrit, deux comprimés au déjeuner, deux au dîner. Surtout, reposez-vous bien, et nourrissez-vous correctement. Si vous êtes végétarienne, mangez des lentilles au moins trois fois par semaine, mais ce que je vous conseillerais en priorité, c'est la viande rouge et le boudin noir…

Une brutale envie de vomir me traverse les entrailles tandis que je cesse de regarder la jeune femme. Je pense à la fillette dont Thomas a sucé les doigts à la cantine. Puis à des boudins noirs alignés sur un grand plat en argent. Des bras de nourrissons doux et humides, fourrés de viscères et de sang coagulé. La voix du docteur résonne à nouveau.

— Retirez vos chaussures, je vais vous peser.

Dans l'évier, des centaines de petits cafards luisants grouillent sous mes mains blanches. L'eau tiède coule sur leur carapace rigide sans que je ne parvienne à les noyer. Ils se collent à mes doigts, avant de glisser par la bonde. J'oriente le mitigeur vers le froid, puis me penche pour boire. Je recrache aussitôt, l'eau possède un goût de charnier. Sur le plan de travail, les steaks hachés ressemblent à des éponges imbibées de sang. Perchée sur mon épaule, une voix susurre d'un ton docte : *une excellente source de fer.* Elle minaude encore, l'œil exorbité, faisant bouger mes lèvres et remuer ma tête de gauche à droite comme une jument braque : *un véritable alicament !* De retour à l'évier, je rince une dernière fois les lentilles avant de les verser dans une casserole.

Mardi 16 novembre 2021

D'abord Thomas, maintenant Pierre. À me bouffer mon énergie, me juger constamment. Je suis de trop dans leur petite famille. Duo autosuffisant, plus que parfait. Ils n'ont pas besoin de moi, pas besoin d'un poids. Femme laide, molle, inapte au bonheur, à la vie conjugale, à la maternité. À la vie tout court. Quand je m'approche d'eux, l'air se fige dans leurs regards. Silhouettes droites, vaillantes, épaules carrées. Jambes campées. Même Thomas. Son tout petit corps. Mon existence s'échappe tandis que la leur s'ancre jour après jour, faite de rires et de certitudes, d'ambitions graves et de destins glorieux.

Dans la salle de bains, la pile de vêtements qui déborde du panier à linge sale a encore grossi. Je fourre le tout dans le tambour de la machine à laver, ajoute de la lessive, de l'adoucissant, appuie sur le bouton marche puis m'empare de l'aspirateur accroché derrière la porte. Tandis que le vrombissement retentit dans l'appartement, je me remémore les propos de Pierre. « Je vais annuler la femme de ménage puisque tu ne travailles plus. »

J'avale deux comprimés de fer avec un verre d'eau puis glisse la boîte dans le tiroir où nous rangeons les médicaments. Pierre y conserve pêle-mêle de vieilles prescriptions à lui, des dizaines de comprimés d'aspirine en vrac, des préservatifs périmés et la pharmacopée de ses parents décédés. Au fil des années se sont ajoutés les traitements de Thomas et les miens, pilule contraceptive, gélules pour dormir, tubes de granules homéopathiques.

Le soir est tombé dans l'appartement. Une main anonyme a allumé les réverbères de la rue. Dans le salon, les lampes créent des halos jaunes, des recoins d'ombres et de lumière. Je mets un peu de musique. Thomas dessine sur la table basse. Minois angélique penché sur ses cahiers, gestes appliqués quand il va chercher sa gomme dans sa trousse ou sa boîte de crayons de couleur dans le fond de son cartable. Et si la maîtresse s'était trompée ?

— C'est bientôt l'heure d'aller au dodo, mon chéri.

Il est tard quand Pierre rentre. Un taxi de la chaîne vient de le déposer. Sur le pas de la porte, sa silhouette m'envahit. Plus grande, plus large. Il semble avoir rajeuni. Suite à son passage sur BFM TV, d'autres médias viennent de le contacter. Il est attendu le lendemain matin dans les locaux de Radio France. Nous nous installons dans le salon. Tandis que je range les dessins de Thomas, il s'emballe :

— Tu comprends, mon amour, l'attaque est toujours en cours, les informaticiens de la BNP n'ont pas réussi à sécuriser leurs systèmes, du coup, les hackeurs ont accès à des milliers d'informations bancaires ultra-sensibles.

Tout en parlant, Pierre branche son ordinateur, puis son téléphone portable. Il poursuit en se dirigeant vers la chambre de Thomas :

— Si ça continue, la Bourse de Paris sera touchée. C'est quasiment historique !

Je me racle la gorge, puis me lance :

— Il s'est passé quelque chose à l'école.

Sa réaction ne se fait pas attendre.

— On a fait un petit ogre ma chérie, la maîtresse doit avoir peur qu'il lui bouffe le cul !

Le fait-il exprès ? J'envie sa capacité à tout prendre avec légèreté autant qu'elle me répugne. Son téléphone sonne et coupe notre conversation.

— Je suis désolée, ma chérie, faut que je prenne, c'est ma sœur !

Je me réfugie dans la cuisine. Esther, l'*alma mater* de substitution. De l'autre côté du mur, Pierre se rengorge, observe un silence, se confond en remerciements, puis raccroche. Quelques secondes plus tard, il se présente à la porte de la cuisine.

— Tu sais que j'ai même réussi à faire citer NoHack par la présentatrice ? se réjouit-il en se servant un verre de vin rouge.

Puis, effectuant un signe de la tête en direction de la chambre de Thomas :

— Je vais lui faire un bisou.

Je les entends se confier des paroles sans queue ni tête, chuchotis, éclats de rire, charabias d'enfants. Les mots et les gestes d'un bonheur étranger. Je m'approche sur la pointe des pieds de la porte entrebâillée. La veilleuse de Thomas projette de minuscules étoiles au plafond.

La voix de Pierre se fait plus précise, même si je distingue à peine sa silhouette accroupie entre la tête de lit et le coffret à jouets. Il raconte son passage à la télévision et les millions de Français qui l'ont vu. Thomas, dressé sur son lit, ouvre de grands yeux amoureux.

— Il faut faire dodo maintenant, mon chéri, finit par lâcher Pierre.

— Je veux la comptine ! réclame Thomas.

Du lit s'élève le chant du père et du fils :

— *Petit chat, petit loup, petit tigre, petit ours.*

Thomas renchérit :

— *Petites dents, grosses dents, petites griffes, grosses pattes...*

Pierre se lève :

— *Petite souris, petites pattes, petit chiot, petits crocs...*

Jeudi 18 novembre 2021

Pierre s'en va, et je joue déjà la comédie de la peine, du manque. Comme si c'était mon devoir de femme de le retenir, mon rôle d'épouse de l'ancrer dans un quotidien composé de tâches et d'habitudes auxquelles il faudrait à tout prix qu'il participe. Je suis une créature schizoïde, femme à la double tête, cynique et romantique. Sans juste milieu car, justement, le juste, le milieu, sont des continents que je ne peux pas connaître. Je suis une femme. Il y a aussi, en creux, que je ne veux pas être celle qu'on quitte. Celle qu'on abandonne. Que vont imaginer Lucie ou Esther ? Que pensent les familles que je croise au square, le samedi, quand je me promène seule avec Thomas ? Femme seule, femme bafouée, mère célibataire. Celle qui n'a pas su retenir son homme entre les cuisses chaudes du bonheur domestique. Alors je fais des scènes, pleurs, chantages, moues boudeuses. Pour rien d'autre que l'apparence, le vernis, le spectacle. Pierre s'en va, et je souffle. Il y a toujours un temps de latence, un temps d'empoignement quand nous nous retrouvons. Comme si, après avoir vécu sans lui, constaté des choses inavouables, une phase de réadaptation était nécessaire.

Quand Pierre travaillait pour un éditeur de logiciels, il partait régulièrement. Je lui en voulais de me laisser seule avec Thomas, mais c'était le boulot, je n'avais pas vraiment le choix. Et puis NoHack a modifié ce rythme. Il travaille à la maison, ou dans des espaces de coworking, parfois des cafés. Il est là, bien présent. À la sortie de l'école, le week-end pour les dîners, les après-midis au parc. Il est là le matin au réveil, le soir au coucher. Son odeur flotte dans nos soixante-dix mètres carrés, son corps habite l'espace, les cloisons réfractent sa cadence vigoureuse, sa respiration forte, sa voix qui tonne même quand il ne crie pas. Lourdeur diffuse, puante, au creux de mon ventre.

Il sera à Marseille dès ce soir. France 3 Provence-Alpes-Côte-d'Azur l'a sollicité au sujet de la cyberattaque. Il va en profiter pour rendre visite à une école d'informatique qui vient d'ouvrir ses portes en plein cœur du campus universitaire de la Timone. « Tu comprends, ma chérie, ce sera le premier lieu en Europe dédié à la gestion de risque des actifs matériels et immatériels ! »

Je ne suis pas sûre de comprendre. *La gestion de risque des actifs matériels et immatériels.* Ni d'en avoir envie. Je ne songe qu'à son départ. Au talon qui vient de se soulever de ma poitrine. Ce soir, après avoir lu à Thomas son histoire, je dînerai d'un plateau-repas devant la télévision. Mon fils est en train de se brosser les dents. Pierre vient de claquer la porte. Il repassera prendre son sac dans l'après-midi. Je vais changer les draps. Je vais respirer.

Le stade est situé à l'autre bout de la ligne dix, près de la Porte de Saint-Cloud. Le métro est bondé. Thomas, mutique. Je dodeline à chaque virage souterrain, pourrais m'endormir au milieu de ces corps étrangers, vivants et tièdes, qui me font tenir debout. Une heure plus tard, couloirs infiltrés par un vent glacial, escalators grisâtres, nous refaisons surface.

Je l'accompagne jusqu'aux vestiaires puis trouve une place sur une banquette, à côté d'un père de famille. Alors que je me penche vers mon sac à main posé par terre pour prendre mes comprimés, je perçois un bruit mat, comme une bouteille de vin que l'on débouche d'un coup sec. Une vague de chaleur liquide se répand dans mon bas-ventre. Je jette un coup d'œil vers mon voisin. Il n'a rien remarqué. Je me redresse et l'onde moite se répand jusqu'à mes cuisses.

Le sang s'écoule dans la cuvette des toilettes. D'abord opaque, visqueux, puis plus clair, plus fluide. Une odeur familière de viande crue. C'était il y a huit ans. Je venais de rencontrer Pierre. Un matin d'hiver, tôt, il m'avait emmenée suivre une chasse à courre près de Paris. Forêt d'Ermenonville, ou de Senlis. De cette journée je ne me souviens que de la sonnerie des trompes à la croisée des chemins boueux, les jets d'urine chargés d'odeurs brûlantes des chevaux, les heures de petit trot harassé dans le sous-bois. La proie avait été traquée jusqu'au crépuscule. Enfin, les hommes à terre, montures au pré, cela avait été la curée. Le cerf avait été déchiré en morceaux. Une charpie sombre happée par l'obscurité. Frigorifiée, puante de sueur, j'avais écouté le claquement plat des coups de mâchoires des chiens. Leur pelage souillé au goût de charnier. Des lambeaux d'entrailles volaient, les bouts de chair giclaient du nœud serré formé par la meute. Urine, excréments, sang. Les bons morceaux avaient été mis de côté pour les paysans dont les cavaliers avaient saccagé les terres. C'est l'un d'entre eux qui avait préparé la bête, sculptant sa chair avec son couteau. Il avait glissé ses doigts noueux dans la viande filandreuse et chaude, le sang avait éclaboussé ses mains avant de sécher dans une émanation de métal écœurante. L'odeur de la mort.

Je m'accroche aux murs qui s'écaillent, perçois un sifflement. Quelqu'un se lave les mains en fredonnant, puis claque la porte. La vapeur javellisée me fait tourner la tête. En équilibre entre les deux murs étroits, je me confectionne une sorte de couche sommaire avec le papier toilette grisâtre.

Quand je travaillais, j'aimais venir ici. C'était une coupure dans la semaine, un moment avec mon fils. J'aimais qu'il coure à s'en décrocher les poumons, qu'il crache sur la pelouse, qu'il se salisse, puis qu'il dévore son goûter. Pendant le trajet du retour, il s'endormait sur mon épaule.

Ce matin, la laideur des lieux m'incommode. Les voix qui résonnent et qui donnent une impression de courants d'air permanents, le café tiède au goût de charbon, les relents de caoutchouc, la peinture violette de l'accueil, délavée par endroits. Les propos du médecin forment un trou dans ma mémoire. « Vous êtes trop mince pour votre taille, pas étonnant que vous soyez aussi fatiguée. » Je fouille dans mon sac à main, vérifie l'heure sur mon téléphone portable puis sors mon stylo et mon carnet.

— On sort des vestiaires, allez, les gars, tout le monde sur le terrain, dépêchez-vous !

Loïc, le professeur de sport de Thomas, s'exprime avec une autorité naturelle qu'un léger accent méridional vient parfois adoucir.

— Bonjour madame, alors ces vacances ? Thomas est en forme, j'espère ?

Puis, sans attendre ma réponse, il se dirige en petites foulées souples vers le terrain de football. La porte du local réservé aux filles s'entrouvre pour en laisser sortir une blondinette au teint diaphane et aux lèvres vermeilles comme une princesse de conte de fées.

— Allez, Alice, on se dépêche ! tonne Loïc en se retournant pour vérifier que son équipe est bien derrière lui.

Antoine Griezmann et Kylian Mbappé en modèles réduits. Thomas les dépasse tous d'une bonne tête. Passant à côté de moi, il me frôle, s'attarde. Fait des manières, se frotte contre moi. Pas comme d'habitude. Finit par enfouir son minois, museau, groin, gueule de carnassier, contre mon bas-ventre. Sa voix, légèrement étouffée par la laine de mon manteau, monte jusqu'à mes oreilles.

— Tu sens bon, maman.

Ses mains s'attardent autour de mes hanches. Souffle court, son corps dodeline. De gauche à droite, danse immobile. Je ne bouge ni ne respire. Je comprime mon sexe jusqu'à la douleur. Quand il recule enfin, je ne décèle rien sur son visage.

— Vas-y, les autres t'attendent !

Il chuchote :

— Mes crampons sont trop petits !

Une dizaine de parents congelés, les yeux rivés sur la pelouse, discutent poliment. Une femme s'approche, un peu plus âgée que moi, vêtue simplement d'un survêtement et d'un anorak.

— Vous êtes la maman de Thomas, n'est-ce pas ? Nos enfants sont dans la même classe, ajoute-t-elle en désignant la minuscule princesse qui, à ce moment précis, remonte ses grosses chaussettes.

L'image de la petite fille de la cantine me traverse l'esprit. Instinctivement, je serre le ventre.

— Effectivement, je suis la maman de Thomas. C'est la première fois que je vous vois ici il me semble.

Le regard braqué sur les pieds de Thomas qui martèlent la pelouse et concentrée sur mon sexe béant, je ne l'écoute que d'une oreille.

Après quelques exercices d'échauffement, Loïc annonce le début du match. Les gamins s'égaillent sur le terrain. Avec leurs sourcils froncés, leurs mines sérieuses et leurs acclamations péremptoires, ils me font penser à des petits dictateurs. Je resserre mon manteau contre ma poitrine. Impossible de m'asseoir. Je me tiens raide, étrangle mon bas-ventre, comprime mes organes.

L'un d'entre eux, un métis en maillot rouge, joue comme un dieu. J'ai repéré sa mère. Dans les tribunes, en diagonale derrière moi, une grande blonde aux seins surdimensionnés et à la bouche probablement refaite, le mitraille avec son téléphone portable. Fin de match, le moment est tendu. Il s'apprête à tirer, et la défense de l'équipe adverse, dont fait partie Thomas, piaffe en demi-cercle autour de lui. La suite est un mirage. La jambe du maillot rouge projetée dans l'air froid, ses dents à découvert comme dans un film d'épouvante. Une seconde plus tard, Thomas est par terre. Genoux sur le sol, il agrippe sa cuisse. Son visage couvert de boue est méconnaissable. Autour de moi l'air devient une matière floue. Une flaque dans ma culotte. La minute suivante, l'équipe de Thomas danse en cercles rapprochés, scandant leur victoire tandis que Loïc administre une accolade de réconfort au maillot rouge.

Les matchs s'enchaînent. Un téléphone sonne. Un papa quitte les tribunes. Je le vois faire les cent pas sur le côté en dessinant de grands gestes énervés dans l'air. Il finit par disparaître. Mes paupières se ferment.

Du sang sur la pelouse. Tout autour de Thomas allongé sur le sol, bouche ouverte, agrippé au ballon. Maillot rouge est sur lui. Je me lève d'un bond. La maman d'Alice sursaute. Loïc est en train de vérifier son chronomètre. Il n'a rien vu. Les parents non plus. Le match continue. Thomas a l'air de boiter, mais le jeu va si vite que je ne parviens plus à suivre. Dormir. Je finis par me rasseoir.

Plus que quelques minutes avant que l'entraînement s'achève. Le petit en maillot rouge se propulse sur Thomas qui, en glissant, se cogne contre un autre équipier. Je dévale les escaliers.

Le sol est mou, la pelouse retournée par endroits. Le gazon, qui vu des tribunes semblait d'un vert radieux, est en réalité un aplat de touffes éparpillées et de terre gluante. La peau du maillot rouge est humide et dorée, pareille à un fruit mûr après la pluie. Ses grands yeux noirs réfractent une terreur sans nom. Mon visage se colle au sien, mon corps flotte. Un animal strident piétine dans mon crâne. Je ne peux rien faire d'autre que hurler. Maillot rouge rapetisse. Il n'y a plus que lui et moi. Mes jambes se dérobent.

Un bras ferme accroche le mien. Quand je rouvre les yeux, je vois Thomas, épaules rentrées, qui fixe le sol comme s'il voulait s'y enfoncer. Une voix d'homme prononce des mots que je ne comprends pas. Une femme hurle.

— Vous êtes complètement hystérique, ma pauvre ! Non mais ça va pas ? C'est quoi votre problème, excusez-vous !

J'ai mal au crâne. Je voudrais juste dormir.

— Je suis désolée, madame, j'ai cru…

Je récupère mon souffle, subitement terrifiée.

— J'ai cru que votre fils frappait le mien… qu'il s'acharnait sur lui… ses chaussures sont trop serrées…

Je me reprends, soudain consciente de l'énormité de mes propos.

— Je suis désolée…

Je ne sais plus quoi dire. Tout le monde me dévisage, les enfants chuchotent. Mon manteau est grand ouvert sur mon pantalon souillé.

— Maman, je veux appeler papa, sanglote une voix.

La honte a un visage.

Une main chaude s'appuie sur mon épaule.

— Madame ?

Je ne réponds pas. Le visage est doux, compatissant. La voix reprend :

— Vous avez l'air fatiguée. Thomas et Alice s'entendent bien. Si vous voulez, je vous prends Thomas pour le goûter, vous reviendrez le chercher à la maison ce soir. En attendant, rentrez chez vous, essayez de vous reposer.

À côté de la femme qui me parle avec ce ton raisonnable se tient une petite fée gracieuse : Alice. La gentillesse de sa maman me serre la gorge. Face au regard insistant de Thomas, j'accepte sa proposition.

Thomas se suspend à mon cou, ses mains sont des serres qui s'accrochent à ma nuque.

— À ce soir, mon chéri, je chuchote. Papa viendra te chercher.

La porte s'ouvre sur Lucie, tablier de cuisine sur les hanches, sourire éclatant aux lèvres.

Une heure auparavant, elle s'est réjouie de mon appel. « Passe à la maison, je suis en visioconférence avec un client, mais je devrais avoir terminé quand tu arriveras. » Elle n'a pas posé de questions. « Passe à la maison. » Rien que ces quatre mots.

— Installe-toi dans le salon, je vais éteindre le four, jette-t-elle dans l'air avec désinvolture, comme si nous nous étions quittées la veille. Je vais nous faire du thé.

Un parfum de pommes cuites et de cannelle flotte dans l'appartement. Je m'assois sur son canapé sans enlever mon manteau, l'œil attiré par les couleurs chaudes et les photos d'éclats de rire affichées partout, comme si cette famille n'avait jamais connu que le bonheur. Lucie est graphiste. De l'écran de son ordinateur posé sur la table basse jaillissent des silhouettes d'hommes et de femmes qui dansent.

Des bruits me parviennent de la cuisine. Placards qui claquent, chaises raclant le sol. Lucie ponctue chacun de ses gestes d'un mot ou d'une phrase. Elle virevolte. Sa voix résonne, rassurante. J'entends l'eau frémir, et tout mon sang se dilate dans mes artères. Mes cuisses s'ouvrent, mes bras se relâchent, le rythme de mon cœur ralentit et mes traits se floutent tandis qu'une douce tiédeur engourdit ma chair. Je me sens bien.

Il fait quasiment nuit lorsque j'émerge. Une voix au-dessus de ma tête. Une main chaude sur mon épaule.

— Du coup j'ai remplacé le thé par un verre de vin, ça te tente ?

Mon portable affiche quatre appels en absence. Pierre. Un numéro que je ne connais pas vient également d'essayer de me joindre. Lucie a allumé des bougies sur la table basse. Les flammes vacillent quand elle s'assoit à côté de moi.

— Je vais devoir aller chercher Lise à son cours de dessin. Si tu veux, reste là ce soir, Samuel est en province jusqu'à demain pour le boulot.

Elle avale une gorgée de vin en pianotant sur son portable tandis que je tente de reconstituer les heures qui viennent de s'écouler. *Thomas. J'ai oublié Thomas.* Une hyène déchiquette mes poumons. Je ferme les yeux. La hyène précise : *J'ai perdu Thomas.* Je suis remplie de lave. Un trou dans le ventre. Mon téléphone se remet à vibrer.

— Où es-tu passée ? Où est Thomas ? Pourquoi tu ne réponds pas ?

De la grêle sur un mur de fer. Soudain, tout me revient.

— Je bois un verre chez Lucie, Thomas est chez une petite copine de l'école.

Je me penche pour attraper mon verre de vin, ridiculement soulagée. J'ai à peine terminé ma phrase que Pierre enchaîne :

— C'est qui cette petite copine ? Donne-moi le numéro de sa mère !

À l'intérieur de mon ventre, une boule dure, un caillou glacé se forme. Ce numéro, je ne l'ai pas.

— Donc si je comprends bien, tu donnes mon fils à une inconnue ?

Son ton est rogue.

— C'est une maman de l'école.

— Ah bon, tu en es sûre ? J'appelle l'école tout de suite !

Pierre raccroche. Tonalité vide dans mes tympans. *Mon fils...* L'ombre est tombée sur le décor comme une gifle. Il a raison, comment ai-je pu confier Thomas à cette femme ? Je me souviens de l'appel en absence. Je compose le numéro qui n'est pas enregistré dans mes contacts. C'est la mère d'Alice :

— Je me suis permis de vous téléphoner pour savoir à quelle heure vous ou votre mari récupérerez Thomas. Non pas qu'il nous dérange, si vous voulez, il peut même rester à dîner, dites-moi juste vers quelle heure vous comptez venir...

J'envoie un rapide texto à Pierre puis redresse la tête. Lucie est debout, son sac à la main, prête à partir. Tandis qu'elle enfile son manteau, je remarque sa longue tresse dorée. Ce n'est qu'en me levant à mon tour que je m'aperçois que je tremble. Dans le miroir de l'entrée, mon visage semble aspiré de l'intérieur. Elle me serre dans ses bras.

— Appelle-moi ou reviens vite, faut que tu m'expliques ce qu'il se passe !

Nous nous quittons à la station de métro. Il fait nuit, Paris me glace. Je descends l'escalier, une rengaine dans la tête.

Petit chat, petit loup, petit tigre, petit ours…
Petites dents, grosses dents, petites griffes, grosses pattes…
Petite souris, petites pattes, petit chiot, petits crocs…

Je compte les tonalités, l'angoisse et l'espoir cloués l'un sur l'autre au creux de mon ventre. Les bribes d'une conversation parviennent de la cuisine. Au téléphone, le rire de Pierre percute les murs de l'appartement. Sa voix résonne. Large, forte, neutralisant tout autre bruit.

Cela sonne sept fois dans mon oreille. À la fin, la déception et le soulagement : un robot féminin m'invite à laisser un message. Je raccroche. Si David rappelle – curieux comme je parviens désormais à l'appeler par son prénom –, je ne répondrai pas, ou bien j'invoquerai une erreur. Un *appel de poche,* comme on dit.

Que lui aurais-je raconté ? Que je souhaitais revenir ? Inconcevable. C'est moi qui ai recruté ma remplaçante. Quand elle est arrivée dans son bureau pour signer son contrat, il lui a souhaité la bienvenue, lui a serré la main puis a répété les grandes lignes de ce qu'il attendait d'elle. Il n'a pas évoqué mon retour. Je me tenais debout à côté d'eux, mais c'était comme si je n'étais déjà plus là. « Nous allons faire de grandes choses ensemble », a-t-il déclaré avant de la raccompagner. Un instant, j'y ai cru. Mes mains se sont crispées sur la poignée de la porte.

Bientôt décembre. Au même moment, l'année dernière, j'organisais la soirée de Noël des salariés avec l'aide du comité d'entreprise. Il fallait trouver un traiteur, renouveler les partenariats avec les différents prestataires qui fournissaient les chèques-cadeaux, lancer les invitations et tenir à jour la liste des inscrits. Jusqu'au 23 du mois, entre les comptes à boucler, les recrutements en cours à finaliser et l'élaboration de la fameuse réception, personne dans la boîte n'avait une minute à soi. Les journées s'enchaînaient sans répit jusqu'aux congés. Si je ne pouvais jamais totalement me départir du sentiment que la vraie vie était ailleurs, je tenais bon. Avec du recul, je pourrais même dire que j'étais heureuse.

Je repose mon téléphone portable sur la table basse tandis que la silhouette de Pierre apparaît dans l'embrasure de la porte du salon. Il tient son ordinateur portable d'une main, un verre rempli d'un liquide ambré de l'autre.

— Wagner et whisky, souffle-t-il dans mon oreille en s'asseyant.

Dire que j'aime cette caricature d'homme. Il pose une main chaude sur mon *genou de moineau*, et je me laisse envahir par son haleine tourbée.

Nous n'avons jamais reparlé de la soirée de la semaine dernière. Quand je suis arrivée à la maison, il venait de coucher Thomas. Il m'a embrassée dans l'entrée alors que j'ôtais mon manteau. J'étais gelée. Il a posé ses mains brûlantes sur mon front, et une onde de chaleur m'a envahie. J'ai réprimé un hurlement. Je le haïssais.

— Au fait, je me suis décidé, je vais accepter la proposition de *The Economist* ! Je viens d'en discuter avec Sylvain, c'est de la super publicité pour la boîte. On a déjà quelques idées de chroniques qu'il faudra que tu traduises ! NoHack va exploser !

Wagner tonne dans le salon. *La Chevauchée des Walkyries.* Ces déesses exaltant la guerre, aux seins comme des obus, aux fesses comme des tambours. La vie, tragique, grandiose, celle-là même qui semble m'échapper. Les cuivres déflagrent dans ma poitrine, les notes de musique écrasent mon cœur, m'empêchant de réfléchir. J'ai beau creuser dans ma mémoire, je n'ai aucun souvenir d'avoir accepté de travailler pour lui.

— Pourquoi est-ce qu'ils n'emploient pas directement un journaliste anglophone ?

Pierre se penche sur son ordinateur. Il baisse le volume et prend son verre de whisky. J'absorbe l'odeur, tous mes sens en éveil. Il avale une gorgée. Je l'observe du coin de l'œil. Il a rajeuni. Ses cheveux sont plus épais qu'à l'ordinaire. La chair de son visage plus pleine, ses traits plus forts. Les fines ridules qui donnaient à son regard une sagesse ironique ont disparu. Il semble plus vigoureux, plus frais, plus aiguisé encore. Sans doute la lumière. Ou plutôt son absence. Bientôt, il fera nuit.

— D'après ce que j'ai compris, le concept de NoHack les intéresse, et le fait que l'idée vienne d'un *Frenchy.*

Et puis tu imagines bien que je leur ai dit que je maîtrisais parfaitement l'anglais !

Il accompagne sa dernière réplique d'un clin d'œil appuyé. Une œillade parodique pour faire oublier son mensonge.

— Tu vas pouvoir mettre à profit tes études aux États-Unis, insiste-t-il.

Je réprime mal une moue dubitative.

— Ce sera sans moi, j'ai un roman à écrire…

— Ils ont aussi parlé de m'envoyer une semaine en Indonésie pour la Jakarta Cybersecurity Conference… C'est le mois prochain, je crois.

— Maman, on mange quoi ce soir ?

Thomas est sorti de sa tanière.

— Chez Alice, il y avait du poulet frites !

— Viens me faire un bisou, mon lapin !

— Je ne suis pas un lapin, répond-il, sourcils froncés et moue boudeuse.

— Non, tu es un ogre ! gronde Pierre en le prenant dans ses bras.

Pendant quelques minutes, nous restons tous les trois sur le canapé en silence. À califourchon sur les genoux de son père, Thomas se laisse glisser sur ma poitrine. Sa tête est étrangement lourde. Je sens sa respiration sur mes seins, un effluve indéfinissable, presque désagréable. Je pense aux propos de sa maîtresse, à la petite fille de la cantine, à Alice.

Mon cerveau plonge dans un demi-sommeil. C'était il y a longtemps. Il n'avait que deux ou trois jours. J'étais en train de l'allaiter quand j'ai commencé à saigner. Après deux semaines d'efforts et de douleurs atroces, j'avais abandonné. Sous ses lèvres écarlates, ses gencives étaient des tenailles qui ne sauraient jamais rien faire d'autre qu'écraser mes tétons. La suite fut pénible. Thomas rejetait le biberon, il continuait à chercher mon sein. J'avais enduit mes mamelons de lanoline pour les soulager, puis j'avais pensé les recouvrir de moutarde pour l'en dégoûter. Seule l'idée de la brûlure m'en avait empêchée. « Faut que tu continues, disait Pierre, il a besoin d'anticorps pour être en bonne santé. C'est le plus beau cadeau que tu puisses lui faire. » J'étais devenue, en une nuit, résidente permanente du pays du sacrifice et de l'abnégation. *Le plus beau cadeau.* Cette phrase, je l'avais également entendue à la maternité. La sage-femme m'avait montré comment positionner la minuscule bouche de Thomas sur mes seins, sans que cela ne change quoi que ce soit.

Pierre a de nouveau augmenté le volume. Wagner tempête entre les murs, galvanisant Thomas qui s'agite maintenant sur le tapis, le corps enchaîné aux notes de musique. Un pantin détraqué. Pierre rigole, Thomas se met à crier :

Petit chat, petit loup, petit tigre, petit ours…
Petites dents, grosses dents, petites griffes, grosses pattes…
Petite souris, petites pattes, petit chiot, petits crocs…

Pierre se lève à son tour.

Maman, mommy, mama, donne-moi…
Maman, mommy, mama, donne-moi…
À MANGER !
À MANGER !
Du bon, du gras, du lait !
Du bon, du gras, du lait !

Thomas trépigne. Un faune diabolique.

— *À MANGER ! À MANGER !* répète-t-il.

— *DU BON, DU GRAS, DU LAIT !* renchérit Pierre.

À peine commencent-ils à chanter ensemble que je sens mes forces me quitter. Je suis tellement fatiguée que j'en ai les larmes aux yeux. Quand *La Chevauchée des Walkyries* explose une nouvelle fois dans l'appartement, Pierre se met à invoquer un dieu martial en levant ses mains vers le ciel.

Elle a surgi du néant.

— Ma chérie, je t'ai dit qu'Esther venait dîner ce soir, tu as dû oublier !

Je regarde l'heure sur mon portable. Il est près de 21 heures. Que s'est-il passé ? Je me souviens du whisky, de Wagner, et c'est tout…

— Tu t'es endormie sur le canapé, déclare Pierre comme s'il lisait dans mes pensées.

Sous l'éclairage brut de la cuisine, il est toujours aussi jeune. Ses traits sont comme aplanis, reposés, rebondis. Je bafouille :

— Tu as fait de la chirurgie esthétique ?

Il coule un regard ironique vers sa sœur.

— On dirait bien que quelqu'un perd la boule dans cette maison…

La scène ne dure que quelques secondes. Esther, ses pupilles brillantes, son silence obscène, puis soudain leur hilarité. À l'unisson, rayant la surface de mon crâne comme une clé sur le capot d'une voiture. Je n'ai pas d'autre choix que de me joindre à eux. J'ai l'impression d'avoir été droguée.

Esther reprend son souffle la première. Son pull-over rose fait ressortir son visage blanc et ses yeux en amande. Sa figure est redevenue un masque de cire, comme si de rien n'était.

— Comment ça va, Sarah ? Pierre m'a dit que tu écrivais un livre ?

Nous sommes tous les trois assis à la table de la cuisine. Au fond du couloir, dans sa chambre, Thomas dort. Un air de piano a remplacé les symphonies allemandes. Pierre a ouvert une bonne bouteille, à moins qu'Esther ne l'ait apportée. Il a disposé de fines tranches de saucisson et des carrés de fromage sur une planche en bois. Tomates cerises, olives luisantes dans une coupelle. C'est une soirée comme tant d'autres.

Alors pourquoi cet écrou vissé au creux de mon aorte me donne-t-il cette respiration saccadée ? Pourquoi cette peur panique, presque à pleurer ? Aigre, la sensation se situe à l'orée de mon estomac. Esther a les mêmes cheveux noirs que moi. On se ressemble un peu. Même gabarit, même carnation. Quand Pierre m'a présentée à sa mère, celle-ci a même dit que si certains fils épousaient leur mère, d'autres, comme lui, préféraient se marier avec leur sœur. Nous avions tous souri. Même Pascal. Cette époque me semble si lointaine. Elle me regarde d'un air doux. Huit ans ont passé. Nous avons à peu près le même âge, pourtant j'ai l'impression d'être sa mère. Un air de pitié. Je cherche mes mots. Ils sont épars. Collés dans ma bouche comme de la pâte à modeler. Je flotte, cerveau atomisé, patchwork de cellules grises désordonnées. Un air de mépris. Pierre me sert un verre de bordeaux. Nous trinquons sans que je réponde à sa question.

La station de bus pour prendre le 39 se trouve à un quart d'heure de marche de l'appartement. Quand je travaillais, je prenais le métro. Avec la ligne 3 située en bas de notre rue, j'en avais pour moins d'une demi-heure porte à porte, avec un seul changement à Opéra. Je courais le matin, je courais le soir. Je ne prêtais même plus attention à ces milliers d'heures passées sous terre.

Du temps, maintenant, j'en ai à revendre. J'observe le grand building en verre situé de l'autre côté de la chaussée, le croisement des larges avenues dont la facture soviétique m'a marquée la première fois que je suis venue dans le quartier. C'était il y a dix ans, le ministère des Armées n'avait pas encore déménagé dans l'arrondissement, pourtant l'air austère de la guerre flottait déjà entre ses artères grisâtres. À ma gauche, l'amorce du pont du Garigliano, à ma droite, la station de métro. Entre les deux, de rares silhouettes emmitouflées, pas vif dans l'air froid. L'heure de pointe est passée depuis longtemps. Que peut bien faire ma remplaçante ? C'est pour elle que je suis revenue.

Pour guetter. Si je n'étais pas aussi fatiguée, j'aurais décroché mon téléphone, demandé des nouvelles. Peut-être même aurais-je pris date pour un déjeuner. Pour faire le point. Proposer mon soutien, pourquoi pas. Prononcer ce genre de phrase : *S'il y a quoi que ce soit, n'hésitez surtout pas.*

J'ai préféré disparaître. J'ai honte. Un sentiment sans objet. Comme si ce n'était pas moi qui avais choisi de partir, mais David Launay qui m'avait licenciée.

Elle est très blonde. Un type de fille de l'Est, sans l'ombre d'un accent. Elle est plus petite que moi, à la fois gracieuse comme une enfant-gymnaste et râblée comme une ouvrière. La première fois que je l'ai reçue en entretien, je me suis fait la réflexion qu'elle était la candidate parfaite.

Je laisse mon regard errer sur le trottoir. Une nounou vietnamienne passe avec trois blondinets de moins de deux ans, qu'elle tient en laisse comme des petits chiots. Je suis longtemps du regard cet étrange attelage, tentant d'imaginer ma vie si Thomas avait des frères et sœurs.

Le froid commence à pénétrer l'épaisseur de mon manteau, pourtant, je ne bouge pas. Je n'ose pas traverser la rue. Quelle serait mon excuse si je tombais sur David, sur Noah ou sur n'importe quel autre ancien collègue de travail ? *Je passais par-là ?* Le quartier n'invite pas à la flânerie.

Il n'y a qu'elle que je veux voir. Irina Lebœuf. Elle a sans doute épousé un Français. Elle fait partie de mon réseau sur LinkedIn. Son nom m'est devenu familier.

Il est bientôt midi. Avec un peu de chance, elle sortira fumer une cigarette, ou faire quelques pas sur la placette bétonnée édifiée derrière l'immeuble en verre. Les minutes se succèdent. Peut-être qu'elle ne fume pas et qu'elle est directement descendue à la cantine. L'image des trois gamins en laisse ne me quitte pas. Trois ans après la naissance de Thomas, je regardais avec avidité les photos de bébé de mes amies. Parfois, dans la rue, la vue d'un nourrisson, yeux clos, poings serrés, corps frêle emmailloté de pastel, suscitait en moi un désir bestial. Non pas celui de tomber enceinte, mais de posséder la chair tiède d'un être minuscule qui se loverait contre moi et ne serait qu'abandon. Peu de temps après, je suis tombée enceinte.

Un matin du quatrième mois, je me suis réveillée avec l'impression désagréable d'avoir dormi dans des vêtements humides. Quand j'ai découvert que je baignais dans une mare de sang, je n'ai pu émettre aucun son. Les draps étaient rouges, les oreillers, même Pierre. À notre retour de l'hôpital, j'ai tout enfoui dans un sac plastique que j'ai descendu à la poubelle. J'ai beaucoup pleuré. Puis je me suis souvenue que je ne voulais pas tomber enceinte. Je ne voulais qu'une boule d'amour chaude qui ne grandirait jamais. Il/elle avait dû le sentir, il/elle avait préféré partir. Je m'en suis voulu, je me suis haïe. Mais plusieurs semaines plus tard je me suis sentie soulagée. Comme si je n'étais pas passée loin d'une catastrophe.

C'est à cette époque que Pierre, qui travaillait pour un éditeur de logiciels de sécurité informatique, a décidé de monter sa propre société.

Je m'apprête à quitter les lieux, quand je la repère. Elle est vêtue d'un élégant anorak beige dont la capuche entourée de fourrure forme une auréole polaire autour de son visage blond. Elle est en pleine conversation avec un homme que je n'ai jamais vu. Soudain, son téléphone sonne, elle s'écarte pour répondre en s'excusant d'un geste léger. L'homme la suit du regard. Quelques secondes passent et la voilà de retour. Ils entrent dans l'immeuble, l'homme tenant la porte, elle s'engouffrant en sautillant avec grâce dans ses bottines à talons.

J'avale mes deux comprimés avec une gorgée de café. Le liquide amer fait fondre le reste de mon croissant. La gare Montparnasse est bondée. Je repère le tableau d'affichage, mon train part dans vingt minutes. Je me dirige vers la boutique de presse la plus proche pour acheter une bouteille d'eau, un magazine et, au dernier moment, des cigarettes mentholées.

— On n'a plus le droit d'en vendre, madame, me répond le vendeur. Mais je peux vous proposer une carte menthol que vous glissez dans votre paquet si vous voulez, c'est deux euros.

Je prends juste le paquet. De toute façon, je fume à peine.

Je laisse mon regard errer sur les dizaines de magazines qui encombrent les présentoirs. J'attrape un hebdomadaire politique et un magazine de psychologie que je feuillette debout, avant de les reposer. Même chose pour le *ELLE* et le *Marie-Claire* que je remets en place avec désespoir. Comment continuent-ils à nous vanter les mérites des élixirs jeunesse à chaque page en nous assenant de nous accepter telles que nous sommes ? L'objectif de ces injonctions paradoxales est-il de nous rendre folles ? Pour pouvoir mieux nous le reprocher. Au rayon livres, j'éprouve la même rage. J'ai envie de pleurer.

Trop de livres, trop de vide, trop de monde. La foule compacte suinte et sinue dans la gare en hurlant, riant, crachant, mangeant. Je vérifie l'heure et ma place sur mon téléphone portable. Encore dix minutes à tenir. C'est la première fois en six ans que je pars sans Pierre et sans Thomas. Je me suis décidée sur les conseils de Lucie. « Prends quelques jours pour faire le point, cela te fera du bien, j'en suis sûre », a-t-elle dit en me scrutant d'un air étrange. Quand elle a prononcé ces mots, j'ai eu l'impression qu'elle voulait se débarrasser de moi. Il fallait que je disparaisse le plus rapidement possible, pour ne pas contaminer l'atmosphère.

Les kitesurfeurs évoluent sur l'eau avec souplesse. Leur spectacle fait remonter en moi le souvenir d'une semaine de décembre passée aux Canaries. De violentes rafales s'engouffraient dans ma voile qui battait à l'horizon avec un fracas de cauchemar. Pierre hurlait. Je n'étais jamais correctement positionnée par rapport au vent. Le pire, c'était d'être attachée. J'ai cru que j'allais crever. Pas m'envoler avec grâce vers le lointain en effleurant la surface plane de l'océan tiède. Non, simplement crever. Quand le moniteur a précisé au groupe qu'il fallait faire attention aux lignes retenant l'aile, qu'il avait vu des visages cisaillés, presque entièrement défigurés par une bourrasque, j'ai quitté le cours.

J'ai posé ma valise dans la chambre d'hôtel. Ma fenêtre donne sur la baie. La station balnéaire est déserte, tout comme l'établissement que j'ai appelé hier pour réserver. Mon ordinateur portable trône en face du lit, devant un écran de télévision que j'ai recouvert d'une grande serviette de toilette. Postée sur l'étroit balcon, j'absorbe l'air imprégné d'embruns. Au moment de revenir à l'intérieur pour enfiler un legging et une paire de baskets, mon téléphone sonne. C'est Pierre. Je demeure immobile quelques instants, le corps suspendu dans l'atmosphère paisible de cette chambre d'hôtel anonyme. J'ai la bouche ouverte comme pour atténuer jusqu'au bruit de ma respiration, les yeux écarquillés, un pied en direction de la porte, l'autre derrière, lourd, pas encore décidé à quitter les lieux. Je me sens comme une voleuse. Quelqu'un dont l'on épie les fautes. La sonnerie semble ne jamais vouloir s'arrêter. Puis c'est le silence. Quand quelques secondes plus tard je constate qu'il a laissé un message, l'angoisse monte d'un seul coup.

« Bonjour, ma chérie, rappelle-moi vite, je t'ai envoyé ma première chronique sur les *malwares*, dis-moi si tu l'as reçue ! *Besos.* »

À la réception, un homme d'une cinquantaine d'années, chauve, sans doute celui que j'ai eu au téléphone la veille, me souhaite une bonne promenade sans lever le nez de son journal. Son hôtel est à l'image de la ville, une retraite silencieuse, en dehors du monde. Derrière lui des photos prises en été montrent une salle à manger bondée, une plage envahie de parasols, des terrasses occupées par des vacanciers. Si j'en crois les dates inscrites, c'était seulement l'année dernière. Pourtant ces images semblent tirées d'un film de science-fiction ou le résultat d'un montage.

Je cours sur la plage. Le ciel est gris, l'océan presque noir. Hormis les kitesurfeurs et une femme qui promène son teckel, tous deux emmitouflés dans un manteau matelassé à motif écossais, il n'y a que moi. Dès les premières foulées, visage glacé, je respire. Au contact de l'eau, l'horizon, l'au-delà, tout revient à sa place. L'espoir, peut-être même la joie. J'accélère, me rapproche du sable humide. Pierre m'apparaît soudain comme un souvenir minuscule. Puis Thomas. J'écrase maintenant le sol compact, jonché de couteaux, de coques et de cailloux qui crissent sous mes pieds. Pierre, Thomas. Ne reste plus d'eux qu'une trace insignifiante. À quelques centimètres du rivage ourlé d'écume, la senteur de vase, de sel et d'algues est plus forte. Je sautille comme une petite fille. Ils ont maintenant disparu.

L'odeur du café me réveille le lendemain matin. Il est déjà 10 heures, le soleil illumine ma chambre. Après une rapide douche, je descends à la salle à manger pour prendre mon petit déjeuner. À la réception, l'homme chauve m'interpelle :

— La femme de ménage m'a dit que vous travailliez sur un roman. Si vous voulez, vous pouvez vous installer dans le salon, il y a une grande table, vous y serez mieux qu'à l'étroit dans votre chambre.

Après l'avoir remercié, je file dehors profiter du beau temps.

Quatre jours s'écoulent. Entre promenades sur la plage, lecture et repos. Mes tentatives d'écriture sont encore vaines, mais je ne m'en inquiète plus. Le cinquième jour, le téléphone sonne. Il est 21 heures, je suis installée dans le séjour de l'hôtel où, entre deux bibliothèques remplies à ras bord de vieux livres, crépite un grand feu. Le propriétaire est parti plus tôt dans la soirée dîner avec des amis à Rouen. Je suis seule dans cette bâtisse, et cette idée m'enivre. C'est Pierre. Je ne reconnais pas sa voix. D'ordinaire fumée, grave, presque éraillée, elle résonne ce soir comme un timbre de synthèse. Pourtant, aucun doute, c'est bien lui.

— Depuis que tu n'es plus là, Thomas ne mange plus. Il est inquiet, il croit qu'on va divorcer. Je lui ai dit que tu étais partie écrire, mais voilà, il n'arrête pas de demander où tu es…

L'aiguille revient me triturer les entrailles avec une telle intensité que je peine à m'exprimer.

— Tu peux me le passer ?

De l'autre côté de la ligne, Pierre observe un silence glacé puis, tel un robot, égrène une réponse qui semble programmée :

— Il dort déjà, je préfère ne pas le réveiller, ça a été suffisamment compliqué pour qu'il aille au lit…

Depuis que tu n'es plus là. Les paroles de Pierre dansent un sabbat absurde dans la pièce. Il y fait soudain très froid.

L'ascenseur grimpe en même temps que ma détresse augmente. Si je m'écoutais, je ferais demi-tour. Mais pour aller où ? Retourner à la campagne ? Rappeler l'hôtel ? « Excusez-moi, monsieur, c'est la dame qui écrit, votre chambre est-elle toujours disponible ? »

La dame qui écrit. Bien sûr que son hôtel est toujours vide. Qui aurait l'idée de s'y rendre au mois de novembre ? Et si je téléphonais à Lucie ? Elle doit être avec Samuel et leur fille. Et les autres, Jeanne ? Théo ? Alex ? N'est-ce pas précisément ce à quoi servent les amis d'enfance ? Éponger les drames, les douleurs. Faire tampon. Rire, se confier. Les cafés, les dîners, les vacances ensemble sont devenues plus rares. Le lien s'est distendu, le fil s'est parfois même tordu quand les aspirations des uns sont devenues incompatibles avec celles des autres. Puis les enfants sont arrivés, le boulot l'a emporté.

Ma famille, désormais, c'est Pierre, c'est Thomas.

Troisième étage. Un chien aboie, un homme éclate de rire. Un remugle de friture. Quatrième étage, du ciment collé au palais. J'entends quelqu'un dévaler les marches de l'escalier. Puis rien. Les parois étroites et recouvertes de moquette de l'ascenseur vieillot sentent la litière pour chat et l'encaustique. Je pose la main sur la poignée de la porte. Elle est bloquée. Je poursuis mon ascension avec une lenteur insoutenable. Vite, m'échapper. Au cinquième étage, silence, aucune vie. Mon cœur est la basse des boîtes de nuit de mon adolescence quand, éméchée, oreilles collées aux enceintes, je dansais à me rendre sourde. Ça descend dans mon ventre. La nausée. Une voix glapit : *il est encore temps. Va-t'en.* Pourtant, comme un automate, j'introduis les clés dans la serrure.

Thomas et Pierre sont installés devant la télévision, un plateau posé sur leurs genoux. Pierre entoure de son bras les fines épaules de Thomas qui se tient incliné sur le torse de son père. Sourcils froncés, bouche béante, il semble happé par les images. Leur immobilité, leur proximité, la fixité de leur regard, ce bloc unique qu'ils semblent constituer au moment où je pénètre dans la pièce me donnent l'impression qu'une bulle hermétique les entoure.

— Qu'est-ce que tu fais là ? demande Pierre.

Je chancelle.

— Tu m'as dit que Thomas n'était pas bien…

Une minuscule perceuse, comme un jouet de poupée, creuse un labyrinthe dans ma tête.

Mon fils me jette un regard sans expression. Ce qu'il se passe à l'écran est plus passionnant que le spectacle de sa mère hirsute, en nage, et qui peine à rester debout.

Encore vêtue de mon manteau, ma valise derrière moi, je me mets littéralement à croasser :

— Je croyais...

— Tout va bien, ma chérie, me coupe Pierre d'un ton agacé, viens t'asseoir avec nous.

Je me tais, je me sens vidée. J'enlève mon manteau et prends place entre eux, sur le canapé. La télévision déblatère son habituel vomi d'inepties. Thomas me tend une part de pizza. Alors que mon cœur s'apprête à fondre, je remarque ses ongles rongés jusqu'au sang. Pierre enroule son bras autour de mes épaules.

Je finis d'allumer les bougies sur la table de la salle à manger quand la sonnerie de la porte d'entrée retentit.

— Thomas, tu peux ouvrir, ce doit être Esther !

Pierre est encore sous la douche, mais tout est prêt. Quelques secondes plus tard, je perçois la voix cristalline de sa sœur.

— J'arrive, ma chérie ! hurle-t-il à travers la cloison de la salle de bains.

L'odeur poivrée de son gel douche se répand dans l'appartement tandis qu'il ouvre la porte pour évacuer la buée qui s'est déposée sur le miroir. Esther glisse une tête mutine dans l'embrasure.

— Bonsoir, très cher frère, j'ai apporté du champagne.

— Installez-vous dans le salon, je m'habille.

Je place la bouteille d'Esther dans le congélateur, puis l'invite à me suivre.

— Thomas, encore dix minutes, et tu vas au lit.

Ce dîner est prévu depuis longtemps. Quand Lucie et Samuel arriveront, nous serons au complet. Le jour où j'ai lancé l'invitation, je travaillais encore. Les réponses enthousiastes de mes amis m'ont réjouie. Par manque de temps, peut-être aussi parce que nous nous sommes repliés sur nous-mêmes depuis la naissance de Thomas, nous ne recevons pas souvent. J'ai pensé qu'une nouvelle ère pouvait s'ouvrir.

C'est Pierre qui s'est chargé de l'organisation. Il a vu les choses en grand. Nappe rouge, argenterie. Seulement éclairée par les bougies dont Thomas s'amuse à faire vaciller la flamme en soufflant doucement, la salle à manger revêt l'apparence d'une scène de théâtre. J'ai présenté Lucie et son compagnon à Pierre il y a quelques années. Il ne tarit pas d'éloges sur *l'intelligence de Samuel* et *l'esprit vif de Lucie.*

Le fumet dense du gibier qui achève de cuire dans le four imprègne toutes les pièces de l'appartement. Je me passe un dernier coup de peigne quand la sonnette retentit de nouveau. C'est eux. Mon amie, rayonnante comme à son habitude, me tend également une bouteille de champagne. Samuel se tient un peu en retrait. Il se penche enfin pour m'embrasser, et je sens sur ses joues une odeur de tabac.

Pierre s'occupe du service. « Ce soir, c'est moi qui fais tout. » Samuel s'extasie. Il n'a jamais aussi bien mangé de sa vie. Esther et Lucie renchérissent. Avec Pierre, ils sont en grande conversation depuis une trentaine de minutes. Je perçois des bribes de leurs échanges. La *Jakarta Cybersecurity Conference* qui se profile, comment embaucher dans une start-up, la cyberattaque de l'agence

BNP Paribas. Lucie et son compagnon travaillent également à leur compte. Samuel sauce une dernière fois son assiette.

— C'était excellent, tu nous reçois comme des princes !

J'ouvre la bouche, croise le regard de Pierre, ne dis rien. Je regarde l'heure sur mon téléphone portable qui n'a pas quitté ma cuisse depuis le début du repas. Il est bientôt minuit. J'aimerais dormir. Comme dans un conte de fées, qu'un clin d'œil les fasse disparaître.

— Et voilà le dessert !

Pierre, tablier blanc maculé de taches de gras, fait son entrée avec une tarte au citron meringuée. La voix de Lucie s'élève au-dessus des flammes.

— Quel festin !

Puis, se tournant vers moi :

— Tu as tiré le gros lot, ma Sarah.

Mes intestins se disloquent quand je pense au menu que j'avais prévu de leur concocter. La voix de Pierre flotte :

— C'est vrai que Sarah aime cuisiner, mais je ne suis pas sûr que la cuisine aime Sarah.

Je lève avec difficulté le regard de mon assiette où gisent quelques restes du *chevreuil farci aux cèpes et sa compotée de pommes et oignons* dont l'odeur, à peine moins épaisse qu'en début de soirée, a imprégné mes cheveux et ma robe. Pierre affiche un immense sourire. À l'aide d'un couteau pointu, il coupe de fines tranches de tarte. Lucie, elle, laisse son regard s'enfuir par la fenêtre du salon. Samuel dirige sur moi un visage étonné. Seule

Esther réprime avec peine la même expression réjouie que son frère. J'ai compris. Tout le monde a compris. C'est drôle. La semaine dernière, alors que nous regardions les informations à la télévision, il a dit la même chose d'un politicien en déroute dans les sondages. *Arnaud Montebourg aime la politique, mais la politique n'aime pas Arnaud Montebourg.* J'ai souri. Rien de neuf pourtant. Je lui ai toujours connu cet humour. Tout le monde y passe. Actrices, écrivains, créateurs de mode. Quand Alber Elbaz, styliste chez Lanvin, est décédé, le spectacle de son nœud papillon rouge et de son visage de nourrisson bien nourri a été fatidique. *Alber Elbaz aimait la mode, mais...* déjà, je n'écoutais plus.

Je me penche vers Samuel pour lui demander une cigarette – tant pis pour l'odeur, le cancer, les rides. Pierre poursuit :

— Le problème de Sarah, c'est qu'elle est capable de partir en expédition dans une boucherie-charcuterie de quartier bobo pour acheter un rôti hors de prix et, une fois à la maison, de l'oublier dans le four !

Je le fixe tandis qu'il achève :

— C'est tout elle, et c'est pour cela que je l'aime.

Cette fois-ci, pas de réaction. Les mâchoires s'activent, les palais salivent au contact de la texture acide et molle du citron. On prend du bon temps. Peut-être que oui, c'est tout moi. Généreuse et tête en l'air. Peut-être que Pierre a simplement commis un bon mot. Il a été spirituel. Il faut bien cela pour rattraper mes ténèbres. Pourtant, quand je pense aux boîtes en carton de surgelés Picard pliés en quatre au fond de la poubelle de la cuisine, je pourrais enfoncer son séduisant visage dans la crème jaune pâle qui ondule sous la flamme des bougies.

L'écran de mon téléphone portable affiche le nom d'Esther. Je décroche. Elle est en bas de l'immeuble. Elle passait par là, elle souhaite me parler. Il n'est pas encore 10 heures, Pierre est parti rejoindre Sylvain à un salon de la tech qui se déroule sur deux jours Porte de Versailles, il ne sera de retour que tard ce soir.

En attendant qu'elle se manifeste, je fais chauffer de l'eau dans la cuisine, puis, apercevant mon reflet dans le miroir de l'entrée, me passe un coup de peigne dans la salle de bains. L'ampoule d'un des spots de lumière du miroir a disparu. Brosse à la main, je fouille dans le placard qui renferme la pharmacie familiale. Je mets quelques minutes avant de mettre la main sur la petite boîte blanche et orange qui contient mes plaquettes de fer. J'avale deux comprimés avec une gorgée d'eau tandis que la sonnette de la porte d'entrée retentit. Deux coups secs, impatients. Je fourre à la poubelle la poignée de cheveux qui m'est restée dans les mains, me souvenant avec nostalgie de la crinière épaisse et bouclée, *de reine de Saba* disait Pierre, que j'arborais quand j'avais vingt ans.

— Salut Sarah, dit-elle en m'embrassant sur les deux joues, je suis désolée de débarquer ainsi, mais il y a un truc dont j'aimerais te parler.

Elle n'a pas du tout l'air désolée. Plutôt curieuse. Avide de quelque chose qui ne la regarde pas. Son œil furète dans le vestibule, puis me traverse, en quête de signes ou d'indices. Quelque chose que je n'ai pas vu, que les murs de l'appartement réfractent, une information qui ondule dans l'air et qui m'est devenue tellement familière que je n'y prête pas attention. Une preuve sans équivoque. Je me force à rester aimable, balayant le délire qui s'insinue dans ma tête. Pourquoi ne m'a-t-elle pas parlé hier soir ?

— Je te sers un café ?

Elle accepte ma proposition et nous nous installons à la table de la cuisine.

— Pierre est inquiet pour toi, il dit que tu ne manges rien, que tu ne fais que dormir, et maintenant, tu pars seule en « vacances »… ?

Elle achève sa tirade d'un ton accusateur tandis que je demeure figée sur la signification du mot « vacances ». Je porte ma tasse à mes lèvres. La famille. La mienne : Pierre, Thomas. La sienne : Esther, la sœur fidèle et protectrice, ses amis qu'il appelle tous les jours, ses cousins, Sylvain et maintenant les journalistes. Bientôt le rédacteur en chef de *The Economist*. Je pense à ses sempiternels *mon amour*, ses *ma chérie*, qui ne signifient rien. Les données tourbillonnent dans mon cerveau, se percutent puis se propulsent les unes après les autres comme les milliards de lignes de code d'un logiciel pirate. Je soupire. Le combat est inégal. Un rictus déforme mon visage. Un sourire étranglé par le chaos.

— Est-ce que tu vas bien ? insiste Esther en se penchant vers moi.

— Je suis un peu fatiguée en ce moment, ça doit être la pression du boulot qui retombe. J'ai vraiment bossé comme une dingue ces dernières années… et puis Noël approche, j'ai toujours détesté cette période…

J'accompagne ce dernier argument de l'expression convenue de la fatalité. Un *c'est la vie* désinvolte et banal, alors que sous ma peau, sous mes muscles, sous mes os, une entité mystérieuse, cellule, molécule, atome, hurle le contraire.

La facilité avec laquelle les lieux communs sortent de ma bouche me surprend moi-même. Tout pour qu'elle débarrasse le plancher et me laisse dormir. Je l'observe finir son café. Sa gestuelle feutrée. Son teint pâle. Ses yeux noirs luisent de manière énigmatique. Tout chez elle transpire l'abondance.

— Je suis désolée, je vais devoir te chasser, j'attends quelqu'un pour le déjeuner.

Je la vois jeter un œil sur sa montre d'un air perplexe.

— À très vite, Sarah, j'espère.

Elle fait mine d'ouvrir la porte d'entrée pour appeler l'ascenseur mais, au moment d'appuyer sur la poignée, son corps se raidit. Elle se tourne vers moi.

— Au fait, ce serait bien que tu aides Pierre dans son travail, c'est important pour lui, tu sais, et maintenant que tu disposes de tout ton temps…

Je comprends alors que sa présence dans le quartier ne doit rien au hasard et qu'elle n'est venue que pour cela.

De nouveau seule, j'augmente le chauffage puis me rends dans notre chambre. Ma lampe de chevet ne s'allume pas. J'insiste plusieurs fois, vérifie le branchement, triture l'interrupteur. J'examine l'abat-jour. L'ampoule a disparu. Je me couche sur le dos, puis finis par me retourner. C'est là que je le vois sur ma table de chevet. Un feuillet d'une dizaine de pages imprimées. Il a même posé un dictionnaire franco-anglais à côté, ainsi qu'un crayon à papier et une gomme.

« Le cyberspace est truffé de différents moyens d'être nuisible pour un système informatique, notamment dans le but d'immobiliser une entreprise. Parmi ces différentes méthodes, on retrouve les attaques en défiguration et les *malwares*, qui sont les deux dispositifs qui ont été mis en place par les hackeurs dans le cas de la cyberattaque dont a été victime la principale agence BNP Paribas de Marseille. Mais revenons sur ce langage barbare. Un *malware*, ou "maliciel" en français, est la contraction de logiciel et malveillant. Le virus est le *malware* le plus répandu, son mode d'action est de pénétrer un système par le biais de fichiers infectés. Puis, les chevaux de Troie se dissimulent derrière des logiciels afin de créer des *backdoors*, brèches par lesquelles les cybercriminels peuvent entrer. Enfin les *worms*, ou “vers” en français, exploitent les failles d’un réseau pour infecter le plus d’appareils possible. Quant à l’attaque en défiguration, ou “*defacement*” en anglais, il s’agit d’une prise de contrôle d’un site pour en changer le visuel afin de faire passer un message. »

Le portail de l’école laisse échapper un flot ininterrompu de gamins. Tous portent un bonnet de père Noël en papier crépon sur la tête ou une couronne faite avec des tubes de sopalin tapissés de feutre vert. Parmi eux, il y a Thomas, sans couvre-chef, les mains vides. Son minois est barricadé derrière une colère qui ne demande qu’à exploser. Lorsqu’il arrive devant moi, il n’a pas besoin d’ouvrir la bouche pour que je comprenne sa rancœur. Tout me revient, le carnet de correspondance avec le mot de la maîtresse, les fournitures à apporter sans faute jusqu’aux tickets pour la tombola de Noël à se procurer avant une date probablement dépassée. Je blêmis.

— Je suis désolée, mon lapin, je te promets qu’on achètera une vraie couronne avec du vrai houx qu’on accrochera à la porte de la maison. Est-ce que cela te ferait plaisir ?

Thomas grommelle quelque chose à propos de son goûter puis enfouit ses poings au fond des poches de son anorak quand je lui tends la main. J’extirpe un paquet de gâteaux de mon sac puis m’apprête à traverser la rue quand je reconnais la maman d’Alice. Elle avance en sens inverse. Je lui fais signe. Le souvenir de sa délicatesse me réconforte. Visage hostile, bonnet enfoncé jusqu'aux sourcils, elle semble m'ignorer. J'insiste en marchant résolument dans sa direction.

— Chère madame, je tenais à vous remercier d'avoir gardé Thomas. N'hésitez pas à me confier Alice une prochaine fois. Je serais contente de l'accueillir à la maison…

À peine ai-je terminé de parler que son visage se ferme.

— Je ne pense pas que cela se produira…

Mon sang se glace. Je suis face à un mur. Devant mon air interdit, elle précise :

— Votre mari ne vous a pas dit ?

Le mystère s'épaissit.

— Dit quoi ?

Elle baisse d'un ton puis se rapproche.

— Votre fils a mordu ma fille jusqu'au sang.

Je chancelle. Thomas, toujours renfrogné, croque dans ses biscuits, appuyé contre la barrière qui délimite le trottoir de la chaussée. Quand le visage d'Alice orné de tubes de sopalin vert finit par apparaître, sa mère se précipite vers elle. Une minute plus tard, leurs deux silhouettes s'évanouissent au coin de la rue.

Leurs voix chuchotent dans la cuisine. Feutrées. Une complainte, quasi un sanglot, puis un silence acide dans mon ventre quand je distingue les mots de Pierre.

— Je te le promets, mon chéri, mercredi prochain, c'est moi qui t'amène ; aujourd'hui je ne peux vraiment pas. Viens dans mes bras.

Je n'attends pas la réponse de Thomas. Je rebrousse chemin pour finir de m'habiller dans notre chambre, puis camoufle mes cernes noirs dans le miroir de la salle de bains. Une minute plus tard, je suis de retour dans la cuisine.

— Mon lapin, on se fait un déjeuner tous les deux au MacDo, puis je t'emmène au foot, ça te va comme programme ?

Le fast-food est situé sur une grande place bruyante, à cinq minutes à pied du stade. C'est l'heure de pointe. Malgré le froid, les Parisiens s'agglutinent sur les terrasses chauffées. Je commande un menu pour enfant et une portion de frites. L'odeur molle qui règne dans ces lieux, mélange de viande trop cuite, d'huile rance et de sauce acidulée, me retourne l'estomac. Les couleurs criardes sur les murs, les plateaux jonchés de débris sur les tables grasses, les bandes d'adolescents collés aux bornes de commande, qui se bousculent et s'interpellent, la musique – un rap entêtant –, tout me fait regretter ma décision. Je songe à Pierre. Son aisance, sa facilité d'exister. Sa jeunesse. J'ai été comme cela ? Peut-être le suis-je toujours. Peut-être ne fais-je que traverser ce qu'on appelle « une mauvaise passe ».

Nous nous installons dans un box à peu près propre, à l'écart de la salle principale.

— J'ai une faim de loup ! déclare Thomas en mordant avec avidité dans son hamburger sans quitter des yeux l'étui qui contient la figurine offerte.

Il s'agit d'un personnage en plastique difforme. Gros yeux globuleux, cheveux filasse sur un torse en forme de barrique, il est supposé jouer de la trompette si j'en crois l'illustration esquissée sans effort, presque même dans un souci de laideur, sur la valisette-repas en carton. Un peu de ketchup coule sur les doigts de Thomas, qu'il lèche aussitôt. Ainsi, avec son maillot de foot, ses deux coudes sur la table et ses doigts fins qui s'enfoncent dans le pain de mie, il émane de son petit corps une force et une simplicité qui m'impressionnent. Est-ce le privilège de l'enfance ? Ou celui des hommes. Encore bronzé de l'été dernier, yeux clairs, traits affirmés de son père, il est beau. Je ne vois plus aucun doute dans ses yeux. Occupé à satisfaire son appétit, parfois happé par une sonnerie de téléphone ou le spectacle d'un autre enfant assis à une table voisine, le présent l'aspire.

— Tu ne manges pas, maman ?

— Je n'ai pas très faim, mon lapin…

Je me force à avaler une frite, que je fais passer avec une gorgée de Coca au goût métallique. Il se met à imiter un rugissement sauvage puis répète :

— Moi, j'ai une faim de loup !

Il articule, ou, plutôt, désarticule les syllabes. Je reconnais le phrasé de Pierre, son jeu d'acteur grandiloquent lorsqu'il lui lit un conte. Il finit par grignoter mes frites une par une.

— Tu sais, maman, moi aussi je vais écrire un livre ! D'ailleurs j'ai déjà commencé, papa va m'aider à construire mon histoire, à imaginer les personnages et les petits récits !

Je le coupe plus sèchement que je ne le voudrais :

— Les péripéties, tu veux dire ?

Il sourit sans faire attention à ma pâleur.

— Oui c'est ça, papa dit que c'est ce qu'il y a de plus important.

Je vérifie l'heure sur mon téléphone portable. Encore cinq minutes. Je lève la tête. La foule a grossi dans le fast-food. Toujours plus compacte, plus bariolée, plus bruyante.

Et le mien, de livre ? Mes notes, mes lambeaux d'idées dont je ne parviens à tirer aucun fil. Ce roman qui m'échappe est-il le symbole de mon échec ? Je tente de calmer l'incendie, mais la colère me consume de l'intérieur.

Je ferme les yeux, serre très fort les paupières pour écraser la fureur. Me lève d'un coup sec.

— Debout, il faut qu'on y aille.

Il est ailleurs. Petits doigts graisseux aux ongles rouges qui furètent dans l'étui, cornée vitreuse de désir.

— On va être en retard, Thomas, tu déballeras ça à la maison.

Il extirpe de sa boîte le bonhomme en plastique, une trompette miniature, de minuscules autocollants pour le visage. Sphères exorbitées des yeux, virgule épaisse de la bouche, comme un rouge à lèvres qui aurait bavé. Je tousse. Pulsation du cœur dans les tempes. Thomas repousse d'une main les reliefs de son repas afin de faire place nette pour son nouveau jouet.

— Attends, maman, je regarde le petit bonhomme !

La gorge à vif avant même de crier. Je me tiens droite comme un piquet. L'ectoplasme de Sarah Barry. Est-ce mon destin, de dire, de répéter ? De redire. User, abuser du chantage interdit dans les manuels de parentalité – *l'autorité ne se négocie pas* –, finir par supplier. Taper sur la table plutôt que sur l'enfant, tout en sachant très bien que la prochaine fois la main trouvera sa cible puisqu'elle se désolidarise désormais du cortex. HURLER.

Thomas a bondi. Un grain de maïs qui explose au contact de l'huile brûlante. Quelques visages se sont tournés. Il m'a même semblé que la musique avait cessé. Hurler. À s'en arracher les cordes vocales. Parfois, je me demande qui est cette femme échevelée, figure tordue, exsangue. C'est au prix d'un effort surhumain que je parviens à convoquer un sentiment qui me semble plus acceptable : la colère froide.

— Debout. Dépêche-toi. On y va.

Staccato caractéristique de pistolet automatique. Débit robot, qui sonne faux. Ce n'est pas moi. Je ne suis pas moi. Je ne suis pas là. Je suis ailleurs, à l'étranger. Au Panama, dans la vieille ville tordue et puante. Vue sur l'océan, je fume dans l'air moite. Le rhum dissout la chaleur, la ville bleuie de pollution m'enivre. Je suis seule et heureuse. Salement heureuse.

Je suis enfermée dans une cellule aux murs capitonnés de cuir. Les cloisons sont tellement rapprochées que je peine à respirer. L'absence de lumière, l'étroitesse des lieux et le silence total m'asphyxient. J'ouvre la bouche pour appeler au secours, mais ne parviens à produire aucun son. Quelqu'un braque un projecteur sur mon visage. La lumière blanche m'éblouit. L'ampoule aux reflets presque métalliques se rapproche de mon front. Je peux sentir sa chaleur, un picotement, bientôt sa brûlure…

Une voix familière résonne dans la prison.

— Au fait, tu ne m'as pas dit comment était ton petit week-end en amoureux.

Je sursaute. Pierre se tient debout, de mon côté du lit. Il porte une casquette noire imprimée d'un *space invader* orange fluo et tient à la main un porte-clés lumineux en forme de clé USB. Je me frotte les yeux.

— De quoi tu parles ?

Un genou sur le lit, il se met à faire clignoter l'objet, réduisant l'espace entre nous à une sorte de kaléidoscope éblouissant.

— On m'a donné ça au salon. Ce sera pour Thomas.

Je me redresse, désormais bien lucide.

— C'est pour me dire ça que tu me réveilles ?

Ma question demeure en suspens. La chambre est vide. De l'autre côté de la cloison quelqu'un prend sa douche. Comme si j'avais rêvé l'intégralité de cet échange.

Pourtant, quand six heures plus tard la sonnerie du réveil retentit dans notre chambre – des limbes où je suis tombée, je mets quelques secondes à identifier son origine –, Pierre se penche sur moi et répète les mêmes mots.

— Au fait, tu ne m'as pas dit comment était ton week-end en amoureux.

Je reste sans voix. Mon corps me fait mal. Lui récidive :

— Alors comme ça on part au bord de la mer avec son amant, on s'amuse, pendant que papa fait tourner la maison et s'occupe du petit ?

C'est plus une affirmation qu'une question. Malgré la courte nuit, ses traits sont parfaitement reposés. La peau de son visage semble même *repulpée*.

J'allonge ma main vers mon téléphone portable posé sur la table de chevet. Sur l'écran, les chiffres indiquent 7 heures du matin mais j'ai l'impression que nous sommes au milieu de la nuit. Pierre s'affaire dans la chambre. Tornade en veste de velours bleu marine, col roulé chiné, parfum d'orange fumée.

— Debout, ma chérie, claironne-t-il en ouvrant la fenêtre.

Une vague glacée se répand doucement dans la pièce tandis qu'il repousse les volets. La rumeur de la ville se propage dans l'appartement. Bruits mats des poubelles que la concierge rentre dans la cour, moteurs, klaxons, conversations feutrées, cris d'enfant qu'un père de famille dynamique ou sa femme héroïque emmène à la crèche ou à l'école. *C'est parti les z'amis ! En avant les z'enfants !* Et puis des sirènes, des portes qui claquent, des téléphones qui sonnent, des trousseaux de clés qui tintent, cœurs battants, ventres haletants. L'infini du monde, ma petitesse, mon corps minuscule, ma tête migraineuse, mes yeux écarquillés qui roulent comme un vertige. Au fond du lit qui m'aspire par son centre, sommier qui m'avale, paquets de poussière, moquette, plancher, plafond, l'étage du dessous, les voisins, mon corps nu, décharné, un squelette.

— La joie de l'âme est dans l'action. Je ne sais plus quel homme avisé disait cela, mais tu devrais t'en inspirer !

Shakespeare, je pense tout bas. Pillé sans vergogne par les chantres du développement personnel et autre jeunes entrepreneurs aux canines acérées. Pierre sifflote, fait les cent pas, s'asperge de parfum devant le miroir de notre penderie.

— Ce n'était pas Proust, ou Hugo, qui écrivait allongé ?

La voix de Pierre, faussement légère, son sourcil droit qui remonte au-dessus de son œil noir. Un ersatz de question noyé dans un océan de certitudes. Debout face au lit, il attache ses boutons de manchettes.

— À moins que ce ne soit Churchill ou Flaubert ?

Je tente un sourire, aussitôt pétrifié.

Il finit par quitter la chambre. Je ne bouge pas. Quelques minutes plus tard, je perçois, venant de l'autre côté de l'appartement, la voix aiguë de Thomas. L'air glacial s'insinue sous les draps, infiltre les couvertures. Je me sens incapable de me lever pour faire quoi que ce soit, fermer la fenêtre, me rendormir, m'habiller, prendre une douche ou aller préparer le chocolat chaud et les tartines de mon fils. Je mets une bonne minute à désactiver le mode avion de mon téléphone. L'index de ma main droite est un os. L'empreinte digitale de mon pouce n'est pas reconnue, comme si les arabesques de chair rose avaient fondu, laissant la place à une zone vierge, peau lisse, dépourvue d'identité.

Aucun message. L'eau coule dans la salle de bains, brosse à dents électrique, crachat, chasse d'eau, gargarismes. Dans la cuisine, la radio. Placards ouverts puis fermés avec un claquement bref, tasses et petites assiettes sur la table, vacarme de ferraille des couverts. Machine à café. Fragrance voluptueuse, « gorgée de notes de sésame toasté et de bois de rose » comme c'est indiqué sur les réglettes violettes avec une poésie mensongère. La vie, sans moi.

Les pieds des chaises en fer raclent le carrelage. L'arôme du pain carbonisé sur les bords se faufile dans le couloir. Puis la rumeur familière d'un petit déjeuner familial. Avant d'aller à l'école, au bureau, dans le métro, dans le monde. L'air d'une journée supplémentaire à laquelle je ne sais pas comment je vais survivre.

Je suis frigorifiée. Je me dirige vers la fenêtre pour la fermer, et le silence total de mon rêve revient habiter l'espace. Un air familier résonne. Ventre noué, je tends l'oreille, comme si je cherchais à surprendre quelque chose, dénouer un mystère, meurtrie corps et âme de savoir qu'un moment joyeux se déroule à mon insu, pourtant incapable d'y prendre part. Je suis nue, immobile, un pied dans la nuit, l'autre dans la tombe. Le chant s'amplifie. Cœur criblé de tessons de verre. Il s'élève tel un refrain lancinant. Un rythme binaire presque ennuyé. Hymne aux doux souvenirs, lassitude des bons mots que l'on partage depuis des millénaires, savoir organique, scellé par l'amour et la complicité d'un père et d'un fils.

Petit chat, petit loup, petit tigre, petit ours...
Petites dents, grosses dents, petites griffes, grosses pattes...
Petite souris, petites pattes, petit chiot, petits crocs...

J'enfile rapidement un jean, un T-shirt et un gros pull en laine.

Maman, mommy, mama, donne-moi...
Maman, mommy, mama, donne-moi...
À MANGER !
À MANGER !
Du bon, du gras, du lait !
Du bon, du gras, du lait !

La comptine se rapproche. Une créature à deux bouches grandes ouvertes, quatre jambes évoluant à l'unisson, quatre bras qui battent la mesure.

À MANGER ! À MANGER !
DU BON, DU GRAS, DU LAIT !
Sinon je vais te MANGER
Sinon je vais te DÉVORER
À MANGER
À MANGER

Mercredi 1er décembre

Ou plutôt jeudi 2 puisqu'il est plus de minuit. Quarante ans. Ça y est. Des fils blancs ont poussé, épais comme du nylon. Quand je les arrache, des épis drus les remplacent. Les cheveux noirs, les beaux, les longs, tombent par poignées. Une nouvelle tranchée est apparue sur le champ de bataille de mon visage. Creusée par l'insomnie, elle part de mon œil droit puis s'évanouit dans la racine de mes cheveux. Parfois, je me demande si je ne suis pas en train de me détraquer. Ma peau se fripe, devient de plus en plus pâle. Un coquelicot albinos. Mes clavicules saillent, mes genoux forment un angle étrange quand je croise mes jambes. À double tour. Pour ne pas avoir froid.

Lui, l'homme, bronze en hiver, étincelle de nuit. Je ressens de la haine pour Pierre. Des bouffées qui jaillissent pour un mot, une phrase, une intonation. Dans ces moments, je voudrais qu'il souffre comme je souffre. Je le crucifie pour qu'il sache enfin ce que c'est que d'être

Sarah Barry, épouse de Pierre Barry, mère de Thomas Barry, fille de personne. Parfois, je voudrais être lui. Ou prendre la place de Thomas. Un petit être vorace et conquérant aux infinis possibles.

J'avais cinq ans, c'était le jour de mon anniversaire. Un jour de fête. Mes parents déjeunaient sur la petite table de la cuisine. J'étais à leurs pieds, en train de jouer avec ma poupée. J'attendais depuis longtemps, depuis la veille sans doute, comme on peut être naïve à cet âge, qu'ils me le souhaitent. La matinée avait été une sourde et longue plage de temps. Ils mangeaient en silence. De grosses bouchées bien appliquées. Sous la table, je guettais le moment. Ils échangeaient parfois une phrase. Sel, poivre, cuisson du rôti, prix du vin, rendez-vous chez le médecin. Des mots qui rongent. J'avais fini par jaillir comme une diablesse, me cognant la tête contre le coin de table. La douleur physique avait rejoint celle de mon cœur dans une communion parfaite. J'avais hurlé : « Mais c'est mon anniversaire ! » Puis quelque chose de pathétique comme « ça devrait être la fête ! » Je voulais de la grandeur, de la joie, des éclats de rire, des bougies écarlates et leurs visages illuminés de bonheur.

— Bon anniversaire, ma chérie, murmure Pierre.

Thomas s'avance, air farouche, cartable accroché bien haut dans le dos, capuche sur la tête, mains enfoncées dans les poches comme s'il se préparait non pas à aller à l'école, mais à affronter un monde hostile.

— Bon anniversaire, maman !

Il dépose ses lèvres sur mes joues et je respire l'haleine douceâtre de son chocolat au lait.

— J'amène le petit avant d'aller Porte de Versailles. Tu iras le chercher ?

Encore un peu de parfum derrière les oreilles, un dernier tour d'écharpe. Thomas attend son père dans l'embrasure de la porte de notre chambre. Ignorant mon silence, Pierre reprend.

— On se fera un bon dîner ce soir !

La perspective du repas à venir, nécessairement festif, sort Thomas de sa torpeur.

— Avec un fraisier et des milliers de bougies de toutes les couleurs ?

Pierre acquiesce en souriant.

— Quarante bougies suffiront à ta mère je pense, n'est-ce pas ma chérie ? À moins que j'aie épousé le père Fouras ?

Il m'adresse un clin d'œil complice. L'allusion au vieillard de Fort Boyard provoque le rire de Thomas.

Le traditionnel fraisier d'anniversaire. Mon gâteau préféré. J'ai soudain envie de croire que tout va bien. Je m'empare de mon téléphone portable, remets rapidement en place le couvre-lit puis me love contre la poitrine de Pierre. La peau de son cou inondée de parfum me pique les yeux. Son torse plat, presque rugueux sous la veste de velours et le cachemire gris, est celui d'un homme à l'apogée de sa puissance. C'est Pierre. Pierre Barry. Mon homme, mon mari, le père de mon fils. *Tout va bien.* Cœur ankylosé, je me répète ces trois mots. Thomas s'impatiente :

— On y va, papa ? On va être en retard.

Déjà dans la cage d'escalier, Thomas appelle l'ascenseur. Accroché à son cartable comme s'il avait toujours été là, le porte-clés que son père lui a offert se balance dans la pénombre. La porte d'entrée se referme sur eux. Dans le miroir à moitié masqué par les manteaux suspendus à la patère, le visage de ma mère apparaît. Paupières tombantes sur deux rangées de cils clairsemés, joues creusées par la maladie, accablement infini d'un regard où plane le reflet d'une vie blessée. D'un geste rageur, je plaque l'imperméable de Pierre sur ce masque sans joie. Puis, épaules en arrière, sourcils froncés, démarche assurée, espérant qu'imiter la force soit suffisant pour la conquérir, je reviens dans la chambre.

La joie de l'âme est dans l'action. Mais que faire lorsque l'action vous contourne sans cesse ? Je balaye cette question sans réponse, la remplaçant par des slogans, des titres, des sous-titres, des mantras, des phrases comme des incantations qui feraient advenir dans ma vie ce qu'elle me refuse. *Repartir sur de nouvelles bases. Ne pas se laisser abattre. Laisser le temps au temps.* Je pense aux excellents rapports d'évaluation de David Launay, aux regrets de mon assistante à l'annonce de mon départ, à tous les salariés que j'ai recrutés, aux autres dont l'entreprise a dû se séparer et que j'ai toujours mis un point d'honneur à accompagner vers l'inéluctable départ de la manière la plus douce possible. Je pense à ce chauffeur de camion intérimaire qui m'a avoué un soir, sur le parking de la société, juste avant de rentrer chez lui, qu'avant de me rencontrer il parlait toujours à sa femme des « Ressources Inhumaines » pour évoquer les différents services de RH qu'il avait côtoyés. « Vous comprenez, les mois sans pause, les trajets sans sommeil, les plannings absurdes, comme si on était des robots, c'était mon quotidien. Grâce à vous, je revois ma femme, je fume moins, je suis plus présent pour les gamins. Je suis redevenu un être humain. » J'ai été cette femme-là. Celle qui fait la différence. À un niveau à la fois infinitésimal et primordial. J'étrangle un rire, me souvenant que, à l'époque, je ne considérais que l'aspect minuscule, modeste de mon travail. J'ai eu la folie des grandeurs. Pensé qu'un goût immodéré pour la littérature et trois pensées poétiques posées sur un carnet faisaient de moi un écrivain. Écrit-vain ? Ou la reine des poncifs. Une chose est sûre, je me suis perdue.

De retour dans la chambre, je me dirige vers la table de chevet, pleine de bonnes résolutions. Je pense au champagne, à la crème, au sucre, aux fraises et aux bougies. Je songe à mes deux hommes, au paquet recouvert de papier brillant que Pierre me tendra d'un air mystérieux, au dessin maladroit que Thomas cachera sous mon assiette.

La lampe, mes bouchons de cire, quelques livres, un élastique pour mes cheveux. Et c'est tout. Je balaye du regard le reste de la chambre, le coin de Pierre, la petite commode en face du lit. J'ouvre les placards, regarde sous le lit. Rien. Les feuillets que Pierre m'a donnés à traduire ont disparu. Je tombe sur sa valise ouverte sur le sol, à moitié remplie de vêtements. Son prochain départ pour l'Indonésie me revient soudain.

Les murs blancs de la cuisine ont conservé l'odeur du café et des tartines. Les reliefs du petit déjeuner gisent sur la table, couteau maculé de beurre, cuillère encore plongée dans le pot de confiture, torchon humide, tasses souillées. Je mets en marche la machine à café, la radio. Mon téléphone sonne, c'est Lucie.

— Est-ce que ça va mieux depuis la dernière fois ? Tu n'avais pas l'air en forme.

Je finis mon café, prends une grande respiration. Avant de répondre, je songe à la vieille femme dissimulée derrière l'imperméable de Pierre dans l'entrée, puis à une table bien dressée, avec des chandeliers et des porte-couverts en argent, trois coupes de taille différente pour l'eau et les vins, l'obscurité, puis quarante bougies virevoltant telles des ballerines sous les projecteurs d'une scène d'opéra.

— Tout va bien, disons que j'ai eu un petit passage à vide, mais je suis repartie pour un tour.

Cette dernière phrase, que je prononce sans réfléchir, me surprend moi-même. Un tour de quoi ? De l'autre côté de la ligne, Lucie se réjouit.

— Je suis contente de l'apprendre, j'étais vraiment inquiète tu sais, j'ai failli appeler Pierre.

J'entends derrière elle les rires de sa fille, de la musique. Quelqu'un, une voix d'homme – Samuel sans doute – lance un « joyeux anniversaire, Sarah ! » tonitruant. Je mets quelques secondes à comprendre que c'est à moi que ces mots s'adressent.

Nous raccrochons. La journée passe, ponctuée de messages et d'appels erratiques. Suis-je à ce point isolée ? Je passe en revue les dernières années, de la naissance de Thomas à l'énergie que j'ai investie dans mon travail, quotidien éclair jalonné par les vacances avec Pierre. Un fil rouge de ruptures et d'éloignements aboutissant fatalement à la réclusion.

— Au fait, j'ai croisé la mère d'Alice hier. Pourquoi tu ne m'as pas dit que ça ne s'était pas bien passé avec Thomas ?

Nous sommes tous deux installés dans le salon. Pierre est rentré tôt, avec un bouquet de fleurs et le fraisier. Thomas s'est installé sur un coin de la table de la cuisine pour peaufiner la surprise qu'il me réserve.

— Quelle salope, celle-là !

Je me fige. Est-ce bien de la mère d'Alice dont il parle ? Il reprend :

— Je n'ai pas voulu t'inquiéter, tu es tellement tendue en ce moment.

Une barre métallique me traverse les flancs tandis qu'il se penche sur la table basse pour déboucher la bouteille de champagne.

— Quand je suis allé le chercher, Alice était en larmes dans les jupes de sa mère. Mais je suis sûr qu'ils jouaient et, à mon avis, Alice n'est pas complètement innocente. Tu sais ce que c'est à cet âge, un suçon par-ci, un suçon par-là, on joue au docteur et on finit par saigner...

Ses paroles me remplissent d'effroi. De quel âge parle-t-il ? Alice et Thomas ont à peine six ans. Crème, sucre, fraise. Rien que l'idée me donne subitement envie de vomir.

— Champagne ?

Pierre me tend une coupe.

— Tout va bien, ma chérie ? On dirait que tu as vu passer un fantôme.

Ma mère dans le miroir de l'entrée. Je me force à rire, hors de question que je gâche cette soirée. Nous trinquons. Le liquide glacé pétille contre ma langue avant de s'écouler dans ma gorge, répandant dans tout mon corps sa chaleur. Le salon chavire, l'ordinateur de Pierre posé sur la table basse, les vieux DVD et les livres dans la bibliothèque. Thomas pénètre dans la pièce, un petit vase en pâte à sel entre les mains. Il vient probablement de le peindre puisque son visage et ses doigts sont maculés de peinture bleue. J'éclate de rire, l'embrasse, plonge ma main dans un des bols remplis de chips. Je picote avec frénésie les cacahuètes recouvertes d'une fine pellicule d'huile et les bretzels ourlés de cristaux de sel. Les tomates cerises explosent contre mon palais. J'achève d'un trait ma coupe puis, me souvenant de mes bonnes résolutions de la matinée, demande à Pierre de me redonner ses textes à traduire.

— De quels textes parles-tu ? répond-il en se levant pour aller chercher son ordinateur.

Mon sang se fige dans mes tempes. Plus aucun battement de cœur. Je réussis à préciser dans un souffle.

— Ton article sur la cyberattaque de Marseille pour *The Economist*.

À côté de lui, Thomas pioche dans les cacahuètes sans discontinuer. Je devrais intervenir mais toute force m'a quittée.

— Tu as dû rêver, je ne t'ai jamais donné quoi que ce soit, j'ai bien compris que cela ne t'intéressait pas.

Quelque chose dans le ton de sa voix me tétanise. Je me rappelle les feuillets imprimés posés sur ma table de chevet. Une expression en particulier avait retenu mon attention : *attaque en défiguration*. J'avais pensé à ces femmes lapidées pour leurs prétendus adultères.

— Au pieu, fiston, ordonne Pierre en renversant la dernière poignée de cacahuètes dans sa bouche.

Plus tard dans la soirée, après avoir éteint les lumières de l'appartement, il me rejoint dans le lit. Ses mains larges, sa peau sèche, effleurent les lignes de mon corps. Seins, ventre, sexe. Rien ne palpite. Après avoir fini, il se retourne sur le côté.

— Tu t'es trop donnée la semaine dernière avec ton amant… je comprends.

Sa valise a disparu, son manteau, son parfum. Je n'ai rien entendu, il a dû quitter l'appartement au milieu de la nuit. Son téléphone est déjà sur messagerie, mais un post-it posé sur la table de la cuisine confirme qu'il sera de retour dans moins d'une semaine. 7 heures du matin. De légers bruits venant de la chambre de Thomas m'indiquent qu'il est en train de se réveiller. La sonnerie de mon téléphone portable achève de me tirer de ma torpeur.

— Bonjour madame, ici le cabinet médical. Vous pouvez passer dans la matinée ? Le laboratoire vient de nous envoyer vos résultats d'analyse.

L'inflexion indolente de mon interlocutrice ne laisse rien transparaître du contenu de l'enveloppe. Je raccroche. Je passerai après avoir déposé Thomas à l'école.

Le médecin ferme soigneusement la porte de son cabinet.

— Chère madame, vous avez un taux de plaquettes un peu bas, qui s'explique certainement par vos règles abondantes.

J'acquiesce silencieusement.

— Avant de pousser plus loin les analyses, j'aimerais que vous preniez rendez-vous avec un confrère, le Dr Baron. Il est psychiatre, je pense que cela peut vous aider. En attendant que vous le rencontriez, j'ai laissé à mon assistante une ordonnance pour un traitement de Seroplex. Il s'agit d'un antidépresseur léger, en aucun cas un remède de cheval, ne vous inquiétez pas. Mais je pense, si vous êtes d'accord, que cela peut vous remettre sur pied, disons de manière provisoire.

Après avoir jeté un œil à sa montre, il prolonge son raisonnement, sans me laisser le temps de le contredire.

— Parfois, quelques séances et quelques mois de traitement suffisent. Vous m'avez dit que vous avez arrêté de travailler. Peut-être est-ce la pression qui retombe. Et surtout, ne croyez pas que cela fait de vous un être faible. Au contraire, la vie n'est pas toujours tendre ; être fort, c'est parfois admettre qu'on a besoin d'un soutien, même chimique.

Son ton de voix flirte avec une joie tranquille. Quelque chose de réconfortant malgré sa désinvolture. Comme si, réellement, rien de grave n'avait cours. Que ces dernières semaines ne représentaient qu'un point microscopique dans ma vie et que lui, l'homme sage, le savait.

De retour dans la rue, j'appelle Pierre. Son téléphone sonne longuement. C'est la fin de l'après-midi en Indonésie. Il finit par répondre. Un *allô* agacé.

— Ma chérie, je suis occupée là, Thomas va bien ?

Et moi ? MOI ? je hurle en silence. Le docteur ne m'a pas annoncé que j'avais une tumeur maligne, je ne viens pas d'avoir un accident de voiture, personne ne m'a poussée sous une rame de métro et, le principal, Thomas est en pleine forme. Alors quoi ?

— Je sors de chez le médecin, ma tension est très basse.

Je ne sais pas quoi ajouter. M'inventer une maladie fulgurante ? Tout pour provoquer chez lui autre chose que ce ton rogue, cette sensation que, quoi que je dise, j'aurai toujours tort. Que rien n'est grave, que tout va bien. J'insiste :

— Je vais devoir me reposer les prochains jours…

À l'autre bout du fil, un fantôme.

— D'accord, ma chérie. Je te laisse, je dois assister à une table ronde dans quelques minutes. On se voit dans pas longtemps.

Psychose. Des coups de couteau sous la douche. Un rideau trempé qu'on arrache. Maintenant, sous mes tempes, derrière mes yeux, entre mes côtes. Les notes dissonantes cisaillent ma chair.

Jeudi 9 décembre 2021

Hier, après avoir conduit Thomas à l'école j'ai croisé Marion, la baby-sitter qui vient parfois s'occuper de lui.

Elle venait de déposer une petite fille. Avec son bonnet enfoncé jusqu'aux sourcils, je ne l'ai pas tout de suite reconnue. Tomber sur elle m'a rappelé que cela faisait des semaines que Pierre et moi n'avions pas dîné seulement tous les deux. Je lui ai dit que je lui téléphonerais dans l'après-midi, qu'elle réserve une de ses soirées, pour quand Pierre reviendrait.

Au début, quand Thomas était bébé, il m'arrivait d'éprouver une terreur sans nom à l'évocation de sa silhouette ronde, de ses cheveux d'un blond presque blanc et de ses yeux transparents. Confier Thomas à cette jeune fille dont je ne savais rien me semblait une hérésie. Pourtant, je l'avais voulu. Je l'avais cherché. Frénétiquement. Thomas était encore un tout petit bébé. À l'époque, Pierre s'absentait beaucoup pour son travail. Je me retrouvais souvent seule avec mon fils, une ou deux semaines d'affilée.

Je me souviens très bien du jour où j'ai décidé que ce n'était plus possible. Thomas avait hurlé toute la nuit. Je l'avais bercé, je l'avais pris avec moi, lui avais donné à boire, l'avais caressé. Son minuscule visage écarlate semblait sur le point d'exploser. À la fin, j'avais hurlé. Sur lui, sur moi, sur Pierre dont l'absence me narguait. Un long cri qui n'avait rien d'humain. Il avait fini par s'endormir sur ma poitrine, épuisé.

J'avais une réunion de service le lendemain, à 9 heures. À 12 h 30, au lieu de descendre à la cantine, je me suis connectée à mon compte Facebook. Lucie m'avait parlé d'un groupe privé, composé seulement de « filles de confiance », dont l'inscription n'était validée que si elles possédaient au moins deux parrainages de parent. C'était l'option la plus sûre, la plus simple. Cela allait nous coûter de l'argent, mais je n'avais plus le choix.

Marion est souvent venue à la maison. Thomas l'a adoptée. Pierre et moi pouvions reprendre une vie sociale et, quand il était en déplacement, je ne me sentais plus ni contrainte ni enfermée. Peu à peu, les moments passés avec Thomas sont devenus plus légers. Je ressentais du plaisir à l'emmener au parc, j'étais fière de le protéger des plus grands, j'aimais lui faire à manger, croquer ses orteils de poupée.

Pourtant, au bout d'une année, Marion est devenue moins disponible. Le fragile équilibre que j'avais construit a été menacé. Elle continuerait à venir, disait-elle – elle adorait Thomas –, mais ses études l'absorbaient davantage ; elle avait rencontré un garçon…

Thomas avait deux ans. J'ai tout recommencé. Les messages sur Facebook, les interviews téléphoniques pour faire un premier tri – exit les voix brutales, celles qui n'avaient pas d'expérience –, puis les rendez-vous à la maison, pour faire connaissance. Un soir, une nouvelle jeune fille, dont j'ai oublié le nom, est venue. Quand je lui ai téléphoné trois jours plus tard, elle n'était plus libre. Alors j'ai appelé de nouveaux numéros.

Je suis devenue plus rapide. Plus le temps pour les questions, la psychologie de comptoir pour déceler un quelconque danger, les entretiens dans le salon, à tenter de dépister les signes avant-coureurs d'une névrose psychopathique. Avec du recul, je n'étais pas loin d'une forme de négligence. J'appelais, elles venaient. Quelques heures plus tard – un dîner, une séance de sport ou de cinéma –, je les payais. Elles partaient. Je restais seule dans l'appartement vide.

J'avais parfois la peur au ventre quand je composais le numéro de l'une d'entre elles. Et si c'était celle de trop ? Je culpabilisais. Parfois, au dernier moment, j'annulais. Un texto laconique. Mais, la plupart du temps, le besoin que j'avais d'elles rendait le reste accessoire. Je confiais Thomas à un dieu auquel je ne croyais guère, ou une puissance céleste, claquais la porte tout en sachant très bien que je jouais avec le feu. Ce qui ne m'empêchait pas, une fois dehors, de respirer.

À cette époque, elles sont plus d'une dizaine à être venues à la maison, silhouettes graciles à peine sorties de l'adolescence avec lesquelles je jonglais pour que ma vie de mère redevienne celle d'une femme.

J'étais vigilante sur un point : quand Pierre était là, il n'y avait que Marion. Parfois, Thomas se trompait de prénom. Pierre en riait : « Marie, Marine, Alexandra, Anaïs, Raïa, mais notre petit Thomas est devenu un vrai bourreau des cœurs. » Thomas répétait, baragouinait, ne comprenait certainement pas ce ballet de jeunes filles aux visages différents qui lui faisaient prendre son bain, à manger, lisaient une histoire, le bordaient.

Je me suis toujours dit que je paierais un jour pour ma désinvolture. Confier la chair de sa chair à des inconnues, leur ouvrir les portes de notre appartement, leur montrer la chambre à coucher, les vêtements, la nourriture, les placards, leur donner les clés de notre vie, pour quelques heures de tranquillité.

Il fait nuit dans l'appartement silencieux. J'allume les lampes du salon, tapote les coussins du canapé. Thomas dort depuis un moment déjà. Je finis par m'asseoir, désœuvrée, guettant les bruits dans la cage d'escalier, l'ascenseur dont les câbles frôlent les cloisons, des pas feutrés sur le tapis bordeaux. Un tour de clé dans la serrure de la porte d'entrée.

Il apparaît quelques instants plus tard. Cerné, légèrement plus maigre qu'avant son départ, bronzé. Il semble différent. Peut-être est-ce dû à sa tenue décontractée – jean, blouson – à laquelle je ne suis pas habituée.

— Bonjour, ma chérie, le petit bonhomme est au lit ?

J'opine du chef en le regardant ôter son blouson.

— Entre nous, deux fois seize heures de vol en moins d'une semaine, ce n'est pas humain…

Il dépose sa valise dans notre chambre puis entreprend de la vider méthodiquement.

— Tout s'est bien passé ?

Le dos appuyé contre le mur, je l'observe extirper un à un les vêtements froissés qu'il empile sur le parquet en un tas nauséabond.

— Faudra faire une machine.

Puis, comme s'il se souvenait soudain que je venais de lui poser une question :

— Je n'ai pas quitté l'hôtel où se déroulait la conférence ! On aurait pu se trouver à Bangkok ou à Miami, en tout cas un pays tropical, cela n'aurait rien changé ! Mais c'était passionnant, les Indonésiens sont en train de révolutionner les méthodes de *tracking* en ligne des *fake news* !

Une fois refermée, sa valise vient rejoindre nos autres bagages, sous le lit. J'aimerais qu'il me prenne dans ses bras. Qu'il me dise que tout va bien. Notre relation serait encore une page à écrire. On partirait loin. Le Brésil. Il s'approche enfin, suffisamment pour que sa transpiration vienne piquer mon nez. C'est une odeur nouvelle, aigre, presque acide. Je pose ma main sur son torse mais il recule :

— Tu as l'air épuisée, tu prends bien tes médicaments ?

J'acquiesce. Je sens son regard posé sur ma maigreur. Ma pâleur. Il se racle la gorge.

— J'ai bien réfléchi pendant mon voyage. Thomas a besoin d'une maman en bonne santé, je vais te laisser dormir seule quelques semaines, le temps que tu te requinques.

— C’est-à-dire ?

— Je dormirai dans le salon, tu te reposeras plus rapidement. Et puis comme ça, tu n’auras plus à subir mes ronflements.

Quand je me réveille, mes poignets sont engourdis. Je reste quelques minutes à les observer. Ce n'est rien de précis, juste une série de taches violettes et rouges qui entourent l'articulation. Mes bras aussi sont lourds, comme si j'avais dormi de tout mon poids sur eux.

Une odeur de parfum. La porte d'entrée claque, puis Thomas apparaît dans l'embrasure de la porte de la chambre. Il ne s'est pas aperçu que Pierre n'y avait pas dormi.

— On va à l'école, maman ?

Une heure plus tard, je déambule dans les rues du quartier. Je fais quelques courses. Lait, café, riz, ampoules. Deux nouvelles boîtes de Doliprane à la pharmacie où j'exhibe mes poignets. La préparatrice les inspecte quelques secondes avant de me proposer d'un air dubitatif un onguent à base d'arnica. Je repars uniquement avec le paracétamol. Puis je longe les vitrines animées par les décorations de Noël, tentant de retracer le fil des événements. L'histoire de ma chute. J'ai dans mon sac à main l'ordonnance du médecin, sur laquelle sont inscrites les coordonnées du psychiatre qu'il m'a recommandé. Si j'ai commencé à prendre les médicaments, je n'ai pas appelé le Dr Baron.

La boutique de vêtements dont Pierre m'a parlé le soir de mon anniversaire quand, une fois Thomas couché, il a glissé entre mes mains une petite enveloppe en papier brillant, se situe de l'autre côté de la rue. Devanture laquée, enseigne cuivrée. À peine ai-je franchi le seuil que la vendeuse s'interrompt dans son rangement.

— Vous cherchez quelque chose en particulier ?

J'enfouis le sachet qui contient les ampoules au fond de mon sac à main, puis extirpe de la poche de mon manteau un épais bristol sur lequel mon nom est écrit en lettres d'or.

— J'aimerais utiliser une carte-cadeau que mon mari m'a offerte pour mon anniversaire.

La jeune femme, moulée dans une robe de laine sombre qui souligne ses formes, ouvre de grands yeux ravis, comme si c'était à elle que ce cadeau était destiné.

— Mais bien entendu, vous êtes au bon endroit. Je vous laisse regarder ?

Le papier peint aux motifs de paysages exotiques, la moquette épaisse, les tissus soyeux, tout semble faire écho à la fragrance de figue capiteuse que diffuse une bougie posée sur le comptoir. Je passe en revue les portants, éblouie par la coordination subtile des couleurs, la coupe sophistiquée des vêtements. Au centre de la boutique, une méridienne recouverte de coussins en fourrure invite à la volupté. Pierre. Ses blazers de velours, ses vestes en cuir fauve et ses derbys à l'usure travaillée. Partout, je reconnais son goût sûr. La version féminine de son succès. Je jette un regard furtif sur mes poignets. Les contusions ont disparu. Seul subsiste un cercle ocre, quasi imperceptible.

Après avoir accompli le tour des lieux plusieurs fois, je finis par jeter mon dévolu sur un tailleur-pantalon bleu marine à fines rayures rouges. Je m'approche du comptoir derrière lequel la vendeuse envoie des textos sur son téléphone.

— Je veux bien essayer ce modèle, s'il vous plaît.

Elle lève la tête.

— Mais bien sûr, avec plaisir, je vais vous le chercher.

S'interrompant pour me scruter, elle reprend :

— Un petit trente-six, c'est bien ça ?

J'acquiesce d'un bref signe de la tête, pourtant le chiffre cingle comme une gifle. Trente-six. Pire, un *petit* trente-six.

Dans la psyché de la cabine d'essayage, la laine fine et délicate du tailleur-pantalon épouse parfaitement mon absence de formes. Si ce n'étaient les fils blancs qui parsèment ma chevelure noire et ma figure exsangue, je pourrais ressembler à une égérie des seventies. Je repousse une mèche récalcitrante derrière mon oreille. C'est là que je la vois. Une tache de la taille d'une pièce de deux euros, bleue, piquée de minuscules points rouges. Je passe la main sur la marque sans rien ressentir de plus que la fraîcheur de mes doigts. Quand Pierre, puisque cela ne peut être que lui, m'a-t-il fait ce suçon ? Et surtout, pourquoi n'en ai-je aucun souvenir ? Je tire les manches de la veste pour dissimuler mes poignets puis, après avoir tiré le rideau de velours grenat, je fais irruption dans la boutique. La vendeuse réprime un cri de joie :

— On dirait qu'il a été taillé sur mesure pour vous ! Vous êtes magnifique, votre mari va adorer !

Sa sincérité me trouble. Comment ne voit-elle pas qu'une femme-squelette a pris possession de son tailleur ? Une femme-clou. Une mère-morte.

— Tout va bien, madame ?

La douleur me cueille avec brutalité. Des centaines de minuscules canines acérées se plantent dans la chair de mes jambes, de l'aine à la cheville. La vendeuse s'approche tandis que je presse mes cuisses pour atténuer la sensation de brûlure. Une seconde plus tard, c'est fini.

— Je le prends.

Mais la vendeuse ne sourit plus. L'atmosphère feutrée a viré à l'acide. Elle tient la carte-cadeau à la main d'un air embarrassé. Toujours vêtue du tailleur, tissu fluide, silhouette de déesse, je m'avance :

— Il y a un problème ?

— Je suis désolée, madame, mais le tailleur coûte trois mille euros. Deux mille euros la veste, mille euros le pantalon.

Serpent venimeux, la peur m'empêche de parler. Après s'être éclairci la gorge, elle se justifie :

— Je viens également de vérifier dans notre fichier clients.

Elle se penche à nouveau sur son écran d'ordinateur, puis retire ses lunettes. Maquillés avec minutie, ses yeux soudain m'épient, sans expression.

— Vous pouvez prendre seulement le pantalon si vous voulez, mais il faudra de toute façon compléter. Votre bon-cadeau est d'une valeur de trois cents euros.

Trois cents euros, trois mille euros. Comment cela a-t-il pu m'échapper ? J'embrasse l'espace. Les jeux de miroirs. Les palmiers graciles dessinés en trompe-l'œil, le raffinement des vêtements. L'absence de clients. J'ânonne péniblement :

— Je suis désolée, madame, je ne vais rien prendre finalement, je reviendrai un autre jour, il doit s'agir d'un malentendu.

Je m'élance vers le lourd rideau de la cabine d'essayage. Le parfum de figue s'est épaissi, colle écœurante qui me fait suffoquer. En ôtant le pantalon, je découvre mes jambes piquées de points rouges.

Quelques minutes plus tard, alors que je me dirige vers la sortie, la vendeuse me fait signe.

— Si cela vous intéresse, nous proposons également de très beaux porte-clés avec le logo de la maison gravé sur un empiècement en cuir de galuchat de couleur prune, noir ou vermillon, pour trois cents euros. Nous avons aussi un magnifique bijou de sac à trois cent quatre-vingts euros. Les deux boucles qui le composent, et que vous avez la possibilité d'accrocher à une anse ou à une fermeture

Éclair, sont en or jaune. Mais nous pouvons tout à fait vous les commander en or blanc.

Dans un état proche du chaos, j'avise les deux minuscules gadgets qu'elle exhibe avec fierté. Comme si je n'avais pas saisi, elle juge bon de préciser :

— Pour le bijou de sac, il vous faut simplement rajouter quatre-vingts euros.

Je crois bizarrement à une plaisanterie. Mon premier réflexe est de sonder son visage. Comme s'il recelait un indice. Puis je balaye la boutique du regard. Pierre va soudain apparaître, le sourire du joker plaqué sur ses lèvres. La vendeuse me tendra un grand sac cartonné dans lequel le tailleur, enrobé de papier de soie, sera soigneusement plié. Qui sait, peut-être même qu'une équipe de caméra cachée va surgir de derrière un pan de mur en chantant « joyeux anniversaire ». C'est la seule explication.

Une longue minute s'égrène. Un laps de temps mort pendant lequel mon corps refuse de bouger. Mais rien n'arrive. Je finis par me retrouver dans la rue, mon bristol à la main, unique preuve de la scène qui vient de se dérouler.

J'ai débuté mon récit par un rire, réussissant à maintenir un ton de dérision jusqu'à la description des coussins recouverts de fourrure et l'impression d'avoir été claquemurée dans un figuier.

— Claquemurée dans un figuier ? a répété Lucie. Tu es sûre que tu vas bien ?

J'ai omis des détails. J'ai passé sous silence le fait que Pierre avait insisté pour que je me rende rapidement dans la boutique, qu'il avait répété plusieurs fois « Tu vas adorer », puis « Toutes les femmes devraient s'habiller là-bas ».

— J'ai vraiment cru que c'était une blague de très mauvais goût. Il croit sincèrement que j'ai toujours rêvé d'avoir un porte-clés en *peau de poisson* ? Sérieusement, Lucie, un porte-clés ? Pour mes quarante ans ?

À l'autre bout de la ligne, Lucie, dont j'imaginais la sempiternelle mine éclatante et les cheveux blonds, riait de ma mésaventure. Grelots dans mes oreilles, puis une subtile mise à distance. Sa fille ou son compagnon l'appelant, ses doigts de sportive pianotant sur son clavier d'ordinateur. Un silence, une conversation étouffée. C'est là que l'onde de choc s'est propagée. Une chute brutale de tension, accompagnée de la sensation de tomber.

Les larmes se sont mises à couler. Une lente déflagration. Dans la cuisine, le rouleau de sopalin. Une feuille, puis deux, détrempées puis roulées en boule avant de rejoindre mon bon cadeau déchiqueté dans la poubelle, au milieu des épluchures d'orange et des papiers gras.

Lucie hèle le serveur tandis que je remue ma cuillère dans ma tasse de thé. Son chocolat chaud, surmonté d'un dôme de chantilly, arrive quelques minutes plus tard. Elle prend une cuillère de crème puis se penche vers moi.

— Que se passe-t-il, Sarah ? Je ne t'ai jamais vue comme ça, il faut que tu me racontes. Je n'ai pas l'impression que tu aies pris beaucoup de poids depuis la dernière fois…

J'ouvre la bouche, me rétracte. Une douleur crue perfore mon oreille gauche.

— Tu veux bien qu'on aille dehors ? Je voudrais fumer une cigarette.

Lucie hoche la tête en signe d'accord, enfile rapidement son manteau et, tout en se levant de sa chaise, pose une main tendre sur mon épaule.

— Je vais même t'en piquer une !

Une fois sous l'auvent, nous nous collons à l'imposant bec Bunsen qui réchauffe la terrasse. Je fouille dans mon sac jusqu'à mettre la main sur mon paquet de cigarettes, toujours intact.

J'aspire une bouffée de nicotine qui me dégoûte, expire, retente ma chance, finis par écraser la cigarette à peine consumée dans un pot de fleurs rempli de mégots. Je raconte. Le sang, le fer, les antidépresseurs, mon année sabbatique. L'écriture.

— Mais tout va rentrer dans l'ordre. Parfois, faut que ça craque pour mieux repartir.

Mes propos n'ont pas de sens. Ce ne sont que des mots mécaniques. Suis-je une branche qui craque ? Un objet que l'on répare ? Elle non plus n'est pas dupe.

— Dis-moi vraiment ce qu'il se passe.

Je réponds, de nouveau au bord des larmes :

— Tu sais, ce n'est pas simple avec Thomas et Pierre en ce moment…

Comme elle réclame des précisions, je lui confesse tout. Un tout façonné d'ombres et de doutes. L'inventaire de mes sévices semble sorti d'un imaginaire malade. La honte vient se coller à mes phrases, les enrobe d'un vernis factice. À quelques détails près, qui me semblent soudain mineurs, Pierre n'est-il pas le mari parfait ?

Quand vient le moment de relater l'épisode du petit bureau que je me suis aménagé à la campagne pour écrire, je perds le fil. Au fur et à mesure que j'explique la colère, la sensation de violation, voire de viol, que j'ai ressentie, le brouillard s'installe. Hormis quelques pages de plus en plus erratiques sur mon journal, je n'écris plus.

Nous nous réinstallons à l'intérieur. Mon amie articule des phrases qui se veulent rassurantes. La petite musique douce des généralités.

— Je vois tout à fait ce que tu veux dire, c'est un peu comme une intrusion, n'est-ce pas ? Mais tu ne crois pas que tu exagères ? Tu n'es pas sans savoir que les hommes sont sans doute les êtres les moins subtils qui soient.

Quand je commence à évoquer Thomas et « son goût pour le sang », Lucie ouvre de grands yeux perplexes. L'impression diffuse qu'elle n'est plus avec moi se renforce. Elle est partie tout à l'heure, après avoir aspiré une dernière bouffée de cigarette et souri au jeune homme qui l'a laissé passer quand elle est allée chercher son manteau. Ma tête est lourde, mon thé amer est froid. La musique est un tube lancinant des années 2000. Scansions démoniaques. Dans la salle, hommes et femmes remuent la tête de haut en bas comme des automates. Mon dos me démange.

— Eh oh ! Tu m'écoutes ?

Je sursaute. Lucie me fait de grands signes.

— Je disais que les jeux d'enfants ne sont pas aussi innocents qu'on le croit. Lise m'a raconté qu'à la récréation en ce moment la grande mode c'est de tourner sur soi-même, une main par terre, l'autre derrière le dos, jusqu'à en avoir le vertige, puis d'aller courir chercher un objet caché au fond de la cour. Autant te dire qu'ils se fracassent à chaque fois la gueule sur le béton… Pourtant, je préfère quand même ça plutôt qu'ils passent toute la récréation le nez sur leur portable. Je sais que Thomas n'a pas encore l'âge d'avoir un téléphone, mais tu vois ce que je veux dire ?

Après avoir conduit Thomas à l'école, je me recouche deux heures. Quand c'est Pierre qui l'emmène, je m'habille, je prends le petit déjeuner avec eux, les embrasse sur le pas de la porte, puis reviens dans la chambre.

Je me gratte le corps jusqu'au sang.

J'ai acheté le mauvais modèle de spots de lumière pour la salle de bains. Il fallait des culots, j'ai pris des vis. J'avais écrit l'inverse sur le post-it que j'ai trouvé chiffonné dans mon sac à main. Le soir venu, la pièce baigne toujours dans l'obscurité. « Je vais m'en occuper, ma chérie », a dit Pierre quand je lui ai raconté que je m'étais trompée. Il souriait. Il avait l'air heureux. C'était il y a une semaine. Il a ajouté « heureusement qu'il y a un homme à la maison » d'un ton détendu. Puis il a déposé un baiser sur mon crâne. Tout paraissait léger autour de lui.

Quand j'ai réévoqué le sujet hier soir, alors que je fouillais dans le tiroir où nous rangeons les médicaments, il s'est énervé. *Mais c'est quand même pas possible, cette histoire, ça devient grotesque ! Me dis pas que tu n'es pas capable d'aller acheter trois foutus spots de salle de bains ? Tu crois que j'ai que ça à faire en ce moment ? Les médias s'intéressent à moi, je vais bientôt faire rentrer du blé et toi, tout ce que tu fais, c'est passer tes journées à pioncer. C'est sûr que pour écrire un roman c'est compliqué.*

Une tornade était rentrée dans l'appartement, amenant avec elle des bourrasques d'un vent glacial et des grêlons gros comme des poings. J'ai ressenti son souffle jusqu'à la racine de mes cheveux. Sa voix forte tapait dans mon ventre. Son visage comme celui d'une gargouille. Tout était disproportionné. Sa bouche monstrueuse, son torse bétonné par le mépris. Il est parti en claquant la porte et je me suis retrouvée seule avec sa haine.

Faire rentrer du blé. C'est moins sa hargne que la vulgarité de l'expression, étrange dans sa bouche, qui m'a laissé un goût amer. Comme si tout un pan de la personnalité de mon mari m'avait échappé. Lorsque j'ai fini par m'endormir, tard, j'ai rêvé d'un matelas de billets de banque oscillant dans le vent comme un champ de blé.

Le réveil sonne. Des coups de burin dans mes tempes. Méthodiques. Jusqu'à percer ma boîte crânienne. Je touche mes tempes, m'attendant presque à essuyer une coulure de sang. Mon portable affiche un nouveau message.

C'est Pierre : « Pardonne-moi, ma chérie, je suis tendu en ce moment à cause du boulot, j'ai dormi chez Esther. À ce soir. Je t'aime. »

— Il est où papa ?

Thomas se tient au milieu de notre chambre. Pyjama de velours, cernes bleutés. Sa présence me fait tout oublier. Il est là, l'homme de ma vie. Je m'approche pour le prendre dans mes bras, enlacer ce corps qui sera bientôt celui d'un géant. Quelque chose en lui se refuse à moi. Une raideur à peine perceptible. Mes mains n'entourent plus que ses hanches.

— Il est où, papa ?

Je vérifie l'heure sur mon téléphone. Il n'est que 7 heures du matin.

— Il est parti tôt, mon lapin, tu le verras ce soir.

Il me regarde d'un œil soupçonneux, puis finit par se détendre. J'assiste à sa métamorphose. Traits du visage décrispés, épaules déroulées, dos droit, jambes si frêles il y a un instant, soudain bien campées.

— Tu fais un gros bisou à maman et on va prendre le petit déjeuner ?

Il m'observe, ironique malgré ses six ans. Tout en parlant, je tends ma joue. Ses yeux brillent puis ses lèvres dessinent une forme furtive de baiser dans l'air. Une minute passe, suspendue. Sa silhouette gracile disparaît dans le couloir.

Tandis que j'aère la chambre, je l'entends fredonner. Une douleur, vivante, perfore l'intérieur de mon crâne.

Petit chat, petit loup, petit tigre, petit ours…
Petites dents, grosses dents, petites griffes, grosses pattes…
Petite souris, petites pattes, petit chiot, petits crocs…

Il réapparaît dix minutes plus tard, tout habillé.

— Maman, tu connais la suite de la comptine ?

— Je ne sais pas mon chéri, tu demanderas à papa…

Je ramasse une chaussette sur la moquette, espérant qu'il me croie. Sa voix fluette m'interrompt :

— Ça y est, je me souviens !

La douleur pulse maintenant dans mon oreille comme une spirale rougeoyante.

Grands crocs, petites dents,
Mama, mommy, mama, donne-moi…

Son inflexion d'enfant, pure et cruelle, résonne dans tout l'appartement. Je me réfugie dans la salle de bains, fais couler l'eau, ouvre le tiroir, avale mes deux comprimés de fer et celui de Seroplex. Quand je ferme le robinet, le chant revient, plus discordant.

À MANGER !
À MANGER !
Du bon, du gras, du lait !
Du bon, du gras, du lait !
Sinon je vais te MANGER
Sinon je vais te DÉVORER

Jeudi 16 décembre 2021

Les jours passent. Je me réveille parfois en sueur au milieu de la nuit, essoufflée comme si j'avais dormi bâillonnée, le crâne brûlant. J'avale un Doliprane, fais quelques pas. Couché sur le canapé du salon plongé dans la pénombre, Pierre repose, immobile.

Demain, nous partons en Bourgogne pour les fêtes de Noël. J'ai glissé mes carnets et mon ordinateur portable dans mon sac à main, des livres dans ma valise.

Cela fait cinq jours que la perspective de ces vacances me tord l'estomac. J'ai les oreilles qui bourdonnent. Je suis constamment déshydratée malgré les litres d'eau que je bois. Je pense que tout cela est dû à mon traitement anxiolytique.

Vendredi 17 décembre 2021

Il est 5 heures du matin. Nos bagages sont dans l'entrée. J'enjambe le petit sac à dos de Thomas en forme de robot pour aller dans la salle de bains. Je gobe ensemble le fer, le Seroplex, et un comprimé de Doliprane. Cela fait plus d'une heure qu'un mal de crâne me scie les tempes. À peu près au même moment, mon ventre s'est mis à gonfler. Puis j'ai senti des décharges. Comme si, à l'intérieur, un djinn maléfique en déchiquetait les tissus au hachoir.

Une fois dans la cuisine, la bouche crayeuse de comprimés, j'allume le plafonnier puis la machine à café. J'avale enfin un grand verre d'eau. L'obscurité est totale. J'ai deux, peut-être trois heures devant moi avant qu'ils se réveillent.

Le parking de la gare est désert. La vieille Renault nous attend à l'emplacement habituel. Dans l'habitacle, l'odeur de sciure et de poussière est plus prononcée qu'à l'automne, comme si le froid avait figé les particules imprégnées aux sièges et que, en déverrouillant les portières, Pierre venait de tout faire exploser.

J'entrouvre la fenêtre, puis nous quittons la ville pour nous enfoncer dans la campagne.

Nous arrivons en fin d'après-midi. Pierre se gare devant le portail en silence. Nous sortons nos bagages du coffre tandis que Thomas inspecte le jardin. La pelouse rase, le marronnier aux branches noires, au fond l'orée du bois avec ses arbres aux troncs gris. Le temps d'ouvrir la maison, la nuit est tombée. Je reste quelques minutes dehors, à observer Thomas faire les cent pas sur l'herbe, un bâton à la main, une buée blanche s'évaporant de sa bouche à chaque enjambée.

Il faudrait que je suive Pierre à l'intérieur, que je range les affaires, que je vérifie que tout va bien. Allumer l'eau, le chauffage, l'électricité. Préparer un feu, peut-être. Que je fasse la *mère de famille*, *la fée du logis*, *la maîtresse de maison*. Je frissonne. La nuit m'aspire. Brumeuse, piquante, ciel marine sans étoiles. Immensité tranquille imprégnée de senteurs enivrantes.

Un bruit retentit dans la maison. Une porte qui claque, assortie d'un juron.

— Putain, les plombs ont sauté ! Je vais chercher des bougies à la cave.

Bâton à la main, Thomas accourt du fond du jardin, excité.

— Je viens avec toi, papa !

Puis de nouveau le silence total, comme si le sous-sol aux parois humides les avait avalés.

La nuit s'est épaissie. Pendant quelques minutes, je me retrouve totalement seule. Le jardin revêt une apparence de forêt de conte, avec les arbres pareils à des silhouettes de sorcières aux doigts crochus. Les bosquets compacts comme des murs de pierre. La façade grise de la maison est devenue blanche et, au loin, l'ombre du bois s'est transformée en un monstre complice, tapi dans l'ombre, dont la présence me galvanise soudain. Je voudrais qu'ils ne reviennent jamais. Mais j'entends de nouveau la porte heurter le chambranle, leurs voix entremêlées.

Le vestibule sent la pierre froide et l'allumette qu'on vient de craquer. Salon, couloir, chambres, salle de bains, toutes les pièces sont allumées. Une impression de chaleur démentie par la température qui règne dans la maison. Je touche le radiateur. Il est glacial. Thomas joue avec un bougeoir sur la table de la cuisine. Pierre s'approche de moi et de nouveau, malgré l'hiver, le froid et la fatigue des dernières années à monter sa société, la perfection de son teint me frappe. Il a ce visage lumineux que l'on exhibe au mois de septembre. Gavé de bonheur, de repos et de santé.

— Je vais aller chercher des bûches, tu nous prépares quelque chose à manger ?

— Que s'est-il passé ?

— On a dû partir en laissant tout allumé la dernière fois.

Il se tourne ensuite vers Thomas.

— Va là-haut éteindre les lumières !

Avant de partir, Pierre fouille les placards. Il dégotte un paquet de biscuits apéritif, puis ouvre une bouteille de vin rouge. Pour la première fois depuis longtemps, j'ai faim.

De nouveau seule, je songe à la pizza surgelée que nous achetons d'une fois sur l'autre, pour les arrivées tardives. J'ouvre la porte du congélateur. La puanteur me saisit à la gorge, comme la griffe d'une créature monstrueuse. Le souffle coupé, je referme la porte d'un coup sec. Trop tard, un filet d'eau putride suinte à travers le joint de caoutchouc. Sur le sol de tommettes rouges, une flaque jaunâtre. Je laisse échapper un hoquet de dégoût. La cuisine tout entière exhale un remugle aigre. Vomi, pourriture, viande faisandée, lait rance, bouffés par les vers. Mes yeux me piquent, ma gorge est rongée par l'air toxique. La main collée sur le nez et sur les lèvres, j'entrouvre à nouveau la porte. L'haleine viciée finit de s'épanouir dans la pièce. La partie inférieure du congélateur est liquide, une eau froide parsemée de fragments de nourriture moisie au milieu de laquelle repose un sac en plastique blanc.

Encore quelques minutes avant que Thomas ne redescende. J'enfile une paire de gants en caoutchouc. Une idée sans logique s'infiltre dans mon cerveau.

Les cordes vocales étranglées par des images cauchemardesques, j'appelle :

— Pierre ?

Ma voix se perd dans la maison. J'ouvre la fenêtre de la cuisine, crie plus fort :

— Pierre ?

La nuit glaciale, la terre dure, au loin la forêt et encore plus loin la campagne, absorbent son prénom, l'étouffant presque comme si je l'avais chuchoté. Pourtant, il me répond aussitôt, timbre clair comme s'il se trouvait juste sous la fenêtre, à me guetter.

— J'arrive.

D'une main, je palpe le sac plastique. Je devine une matière molle. Quelque chose de spongieux qui ressemble au petit tigre en peluche que Thomas possédait bébé. Je le passais régulièrement à la machine à laver le linge. Une fois, l'essorage n'avait pas fonctionné. J'avais dû longtemps presser l'animal pour en évacuer l'eau savonneuse.

Derrière moi, la porte d'entrée se referme avec un bruit feutré. Pierre laisse tomber les bûches sur le sol, puis se débarrasse de sa parka cirée. Au même moment, Thomas dévale l'escalier en criant :

— J'ai faim !

À mi-chemin, l'odeur visqueuse paralyse son élan.

— Va dans ta chambre et enfile ton pyjama, on t'appellera quand ce sera prêt.

Pierre a parlé d'un ton égal. Seul un léger froncement des sourcils m'indique qu'il a lui aussi senti la vermine. Une fois Thomas hors de vue, il s'empare du sac en plastique à pleines mains.

— C'est le lapin, j'irai le porter à la déchetterie demain matin.

Sa figure, radieuse sous l'électricité rasante du plafonnier, n'affiche ni surprise, ni énervement, ni dégoût.

L'odeur de mort se faufile par la fenêtre, toujours grande ouverte sur la pénombre. L'hiver de brume, le sous-bois mystérieux m'attirent comme un aimant. Quelque chose m'échappe.

— Mais tu ne l'avais pas cuisiné en novembre ?

Je me retourne sur sa silhouette souple en train d'emballer le paquet blanc dans un gros sac-poubelle noir. Comme l'objectif d'un appareil-photo, ma mémoire fait le point à toute vitesse. Il y avait eu cette odeur de viande grillée dans la cuisine, qui avait envahi toute la maison. C'était il y a seulement quelques semaines. J'insiste :

— J'étais persuadée qu'on l'avait mangé.

Son silence m'exaspère.

— C'est du gâchis, pourquoi tu ne t'en es pas occupé ?

Il me regarde soudain comme si je parlais une langue étrangère, puis rappelle Thomas.

Il est plus de 10 heures quand j'émerge, le visage écorché par le froid. Je n'ai pas entendu Pierre tirer les rideaux ni ouvrir les volets. Un jour cireux, épais comme de la mélasse, baigne la pièce. Mon souffle crible l'espace d'imperceptibles nuages tandis que je me lève pour vérifier si le radiateur a chauffé pendant la nuit. Je pose une main sur la fonte brune recouverte de peinture écaillée. Elle est aussi glaciale que la veille. Je n'ai plus aucune trace de piqûre sur le corps, mais la vrille qui persécute mon cerveau depuis des semaines ne m'a pas lâchée.

Il a neigé. Tout le jardin est recouvert d'une fine couche immaculée, à l'exception de quelques traces de pas, les unes menant au portail, les autres, plus petites, formant un sentier étroit vers l'orée du bois. Le ciel sans relief pétrifie la perspective blême en un tableau mélancolique.

Les livres que j'ai apportés de Paris sont posés sur ma table de chevet. Certains sont empilés sur le plancher. Je n'en ai ouvert aucun. Ne les ai-je pas déjà tous lus ? N'ont-ils pas déjà été tous écrits ? Je passe en revue tous ces titres dont j'ai pris en photo la couverture ou inscrit la référence dans mon téléphone portable. Je suis devenue amnésique. Ou quelqu'un d'autre. Impossible, même en creusant de toutes mes forces dans ma mémoire, de retrouver l'enthousiasme ou la curiosité. Pas de traces, pas de preuves, pas de signes ni même de souvenirs. J'ai été cette femme-là, cela ne fait aucun doute. Quelle est donc celle qui, tapie dans la torpeur transie de cette matinée silencieuse, fait les cent pas de la fenêtre au miroir avant de se recoucher ?

Le marché de Noël se tient chaque année dans les rues principales du village, le long des façades basses des maisons aux crépis illuminés. Ici, la neige a déjà fondu. Ne restent que des flaques de boue et une eau au goût de cendre qui s'écoule des toits et des gouttières. Sous un chalet en bois, trois femmes emballent les cadeaux des passants. L'une découpe d'amples feuilles de papier doré. L'autre enveloppe les paquets avec des gestes si souples que j'imagine qu'elle pourrait le faire les yeux fermés. La dernière ajoute un bolduc. Elles sont concentrées sur leur tâche, heureuses de leur organisation fluide, ignorant de manière presque ostentatoire les badauds. Plus loin, les fermiers des environs ont disposé différentes variétés de saucissons et de foies gras sur des tréteaux recouverts de nappes rouges. De la volaille ficelée par leurs mains expertes pend des auvents en toile, crochetée par le bec.

Les hommes s'interpellent, rient, se frappent dans le dos, alcoolisent l'atmosphère à force de tremper leurs lèvres dans le vin chaud. Bicyclette à la main, je déambule au milieu de ce monde sans en faire partie. J'observe, tente de prendre des notes mentales : en face le tournebroche où suintent les poulets, leur odeur grasse. Par terre des tracts souillés du parti communiste local. Devant moi une femme pliée en deux par la scoliose, accrochée au bras de sa petite-fille, coquette avec ses grosses baskets compensées et son petit anorak rose.

Une silhouette masculine me bouscule, en polaire kaki et pantalon de velours côtelé rouge.

— Excusez-moi jeune fille.

Inflexion pointue, légèrement mondaine. Un Parisien en villégiature dans la région.

— Faut manger, mademoiselle.

La tête me tourne. Au coin de la rue, les maraîchers proposent de gigantesques paniers de fruits d'hiver confits dans le sucre. Les fromagers, d'énormes meules jaunes piquées de feuilles de houx. Devant la minuscule boulangerie située à la sortie du village, une fillette en bottes de neige propose d'une voix fluette les beignets au chocolat de sa mère qui, à l'intérieur de sa boutique, dispose sur son comptoir les baguettes restantes.

Faut manger, mademoiselle. Les trois mots me transpercent. Un marteau-piqueur dans la tête. À tel point que je ne perçois pas tout de suite la musique. Des chants de Noël diffusés par des haut-parleurs accrochés à chaque coin de rue. Les voix d'enfants, cristallines, presque haut perchées, se propagent dans tout le village comme un éther. Le décalage entre ces cantiques naïfs, l'image d'Épinal d'un village de France à Noël, protégé de tout, loin du chaos, et ma solitude me donne envie de pleurer. Le verre de vin chaud que j'ai avalé d'une traite en arrivant n'a aucun effet. Ma lucidité me prive de l'ivresse. Quiconque visiterait les lieux le lendemain du réveillon découvrirait les visages violets, les genoux cagneux, les baux à céder, les façades usées et le désir viscéral de partir.

L'emplacement du boulanger se trouve entre la camionnette du poissonnier et celle du boucher charcutier. Remugle d'entrailles et d'écume, adouci par le fumet du pain frais. Je déambule entre les étals. L'haleine grasse des fromages, paille dans l'étable, crottins frais me vrille l'estomac. Bientôt midi. Doigts arrachés, viscères qui s'amoncellent, tumeurs collées les unes aux autres, bulbes luisants, organes brillants. L'hallucination me cueille chez le marchand de fruits et légumes. Monceaux de fruits saignants. Je cligne des yeux. Le mirage s'efface. Titubante, une sensation de brûlure dans le cerveau, je me force à remplir mon panier de victuailles. *Faut manger, mademoiselle.* Comme si j'avais douze ans.

Plus loin, en face de la mairie, sur la grande pelouse qui s'achève par un parking désert le reste de l'année, c'est la fête foraine. Un stand de tir, une pêche à la ligne, un vendeur de confiseries, un circuit d'autos-tamponneuses et un train fantôme. Montée à l'écart des attractions enfantines, à côté des palissades, presque isolée du reste des installations comme pour signaler la fin de l'amusement et le début du vrai frisson, une mâchoire géante se désarticule dans le ciel opaque avec des cris de bête.

Ils sont aux autos-tamponneuses. J'attache mon vélo puis me dirige vers eux. À cent mètres de la mâchoire qui happe l'air blanc à chaque lente remontée avant de le déchiqueter brusquement au moment de la descente, l'atmosphère n'est plus la même. Le rythme binaire projeté par les énormes enceintes posées devant la cabine du circuit d'autos-tamponneuses anéantit les cantiques argentins. Un instant les deux sonorités se croisent, créant un hymne pervers, alchimie du profane et du sacré. Très vite, la basse l'emporte. Debout dans un fauteuil de jardin en plastique, un homme sans âge, cheveux noir corbeau, peau tannée comme un vieux morceau de cuir, bat la mesure en tentant d'insuffler un souffle festif à sa foire déserte. À ses côtés, le sapin enveloppé de guirlandes épaisses comme des chenilles mutantes ressemble à un enfant oublié à une soirée déguisée. Ce soir, sans doute, les néons du train fantôme seront allumés et les relents poisseux des churros attireront du monde. Pour l'heure, hormis Pierre, Thomas et deux adolescentes tétanisées par les grincements de la mâchoire, il n'y a personne.

Les vibrations assèchent ma gorge. Cognent dans mes poumons. Pierre tourne sur lui-même au milieu des voitures aux couleurs métalliques. Derrière lui, Thomas tente de faire marche arrière avec son auto-tamponneuse coincée le long des barrières de sécurité. Je n'ai aucune idée depuis combien de temps ils sont là, mais ils sont écarlates. Pierre a ouvert en grand sa parka cirée sur son large torse et Thomas a abandonné son anorak sur une chaise, non loin du gitan. Je suis frigorifiée depuis le réveil. Ni le vin chaud, ni la balade à vélo ne m'ont réchauffée. Mon cerveau explose en pensées diffractées. Le lapin dans son cloaque, la boutique de luxe, la vendeuse pincée, ses bijoux de sac absurdes, la queue-de-cheval insolente de la jeune fille du centre médical. Lucie, Noah, David. Le visage cireux de ma mère dans le miroir de notre appartement parisien. Paris, la mer. Tout me semble loin.

J'avance un pied, puis l'autre. Les bras croisés sur la poitrine, les jambes serrées pour créer un peu de chaleur entre mes cuisses. J'ai les oreilles qui bourdonnent.

— Coucou, ça fait longtemps que vous êtes ici ?

En entendant ma voix, Pierre s'arrête de tournoyer.

— Thomas est allé explorer le jardin pendant que j'étais à la décharge porter le lapin. Ensuite on est partis en voiture au marché. Et toi ? Tu viens de te réveiller ? Tes parents ne t'ont jamais dit que l'avenir appartient à ceux qui se lèvent tôt ?

Sous ses paupières plissées ses yeux brillent, sa bouche se tord sur le côté. Que je me sois levée tard l'agace, que je surgisse à l'improviste. Que j'existe, tout simplement. Je n'ai pas la réponse. Une brèche écartèle mes veines et mes os. Mes mains glacées sont brûlantes. *Le siège de toutes les haines.* Sous mon manteau, mon T-shirt se colle à ma peau, mon col roulé m'asphyxie. Trempée dedans, lacérée dehors. Thomas me tend un jeton.

— Maman, tu viens faire un tour ?

Je prends place à bord d'un bolide violet à la peinture éraflée. Pédale de gauche, j'avance. Pédale de droite, je recule. Mon cœur bat dans mon ventre, au rythme sépulcral de la basse. J'ai à peine le temps de me dégager des autos-tamponneuses garées sur le côté que je ressens un choc brutal dans la colonne vertébrale. La secousse est telle que des larmes viennent me piquer les yeux. Pliée en deux, le souffle coupé, je me retourne. C'est Thomas. Qui rit aux éclats, braille, virevolte à toute vitesse, cheveux ébouriffés, torse accroché au volant.

— Allez, maman, dépêche-toi !

Je n'attends pas une seconde de plus que l'éblouissement s'estompe.

— MAMAN !

La crécelle d'un lépreux. Je me redresse, je ne sens plus la douleur. J'accélère, Pierre dans mon champ de vision sur ma diagonale gauche, le gitan toujours debout sur le côté de la piste, Thomas en ligne de mire. Je ne sens plus le froid. Je n'entends plus la musique. Je n'entends plus rien à part des coups de marteau dans mes tempes. Pierre et le gitan ont disparu, la fête foraine n'est plus qu'une abstraction. Un flou de teintes criardes. Dix… cinq, quatre, trois. À deux mètres, je perçois un glapissement au ralenti. Un mètre. Silence total puis la cacophonie.

Cris, musique, bruit de tôle. Comme si un démiurge avait brusquement augmenté tous les volumes.

Je pile juste devant Thomas.

— Bravo, maman ! me félicite-t-il.

Pierre surgit derrière moi.

— Sarah !

Mon nom claque comme une insulte. Je me retourne, tombe sur deux yeux infusés dans la haine.

— Mais ça va pas ?! Une seconde de plus et tu le percutais !

Je botte en touche.

— Mais ce n'est pas le principe des autos-tamponneuses ?

Je voudrais disparaître.

Déjà debout, il remonte la fermeture de sa parka d'un geste sec. Puis, désignant Thomas du menton :

— T'es complètement malade, c'est qu'un enfant !

J'ai peur. De lui, de moi. Même de Thomas. Que se serait-il passé si je n'avais pas freiné à temps ? Il pose ses deux mains sur mes poignets qu'il serre et je ressens une brûlure le long de mes bras jusqu'à mon cou.

— J'ai mal au dos, tu n'as pas vu que Thomas m'avait foncé dessus ?

Il se détache brusquement, puis poursuit, à côté, à rebours, manie du hors-sujet qui me rendait folle à nos débuts et que j'ai fini par intégrer. Comme si les seuls mots qui importaient étaient les siens. Je ne le supporte plus.

— J'ai mal, MAL, tu m'entends ?

Les mots dissonent de manière grotesque dans ma gorge. Son regard change. Sa voix se fait miel sur une balafre. Il est déjà passé à autre chose.

— On dira à Françoise et à Esther de venir pour le réveillon du 24, ça fera plaisir à Thomas.

Celui-ci enjambe la rambarde en s'exclamant avec gaieté :

— Oui oui oui !

Puis :

— J'ai faim maman !

Intimité du foyer. Joie domestique. Cocon douillet. Fête familiale. Les formules tanguent dans mon crâne. Se bousculent à mes lèvres sans que j'en puisse contrôler la prononciation. Je finis par acquiescer.

Mon fils

— Reste avec ta mère, je vais chercher la scie à la maison.

Ta mère. Pierre rebrousse chemin par la clairière, puis s'enfonce dans la forêt. Je distingue quelques secondes encore sa silhouette entre les arbres, puis plus rien.

Les petites mains cramoisies de Thomas tapotent et façonnent le gros bonhomme de neige que lui et Pierre viennent d'achever.

— Tu es sûr que tu ne veux pas remettre tes gants ?

J'ai mal pour lui. Le froid commence à s'infiltrer à travers l'épaisseur de mon manteau. Pas de réponse. Il ramasse des petites branches qu'il colle sur la tête ronde du bonhomme, puis en rajoute deux plus longues pour les bras.

Nous sommes partis après le déjeuner, en quête d'un sapin. Celui de Noël dernier a fini à la décharge même si Pierre avait promis de le replanter. Cette année, je m'en occuperai moi-même. L'idée de redonner vie à cet arbre qui sera bientôt à terre me réconforte. Il est là, pas très grand, planté crânement dans la terre craquelée par le gel. Beau comme un dessin d'enfant.

Du ciel blanc jaillissent de minuscules flocons qui fondent en se posant sur nos épaules. Thomas saute sur place en levant les bras vers le ciel. Son rire tombe à plat dans le paysage minéral. Il ramasse un dernier bout de bois qu'il plante au milieu de la tête du bonhomme de neige.

— Et voilà son nez ! Tu peux prendre une photo, maman ?

Mes doigts sont gourds, presque cassants.

— Dépêche-toi, Barry va s'échapper ! s'impatiente Thomas.

— C'est qui, Barry ?

Il hausse les épaules et passe son bras autour du cou du bonhomme de neige.

— Bah, c'est lui !

Je parviens finalement à m'emparer de mon téléphone. Une douleur sourde irradie dans toute ma colonne vertébrale :

— Tu sais que tu m'as fait mal, ce matin à la fête foraine ? Faut que tu fasses attention.

Son regard clair me jauge.

— Quand on est rentrés en voiture tout à l'heure, papa m'a dit que tu avais essayé de me tuer. C'est vrai ?

Du sel tombe du ciel. De partout, jeté à pleines mains sur des tissus déchirés, mes bras, mes jambes, à la fois raides et disloqués. De la charpie. Je commence à parler, mais Thomas se met à chantonner et à appeler son père à tue-tête.

Je discerne quelqu'un entre les arbres. Branches qui frémissent, frôlements, craquement de pas. Une seconde plus tard, Pierre sort du bois, la scie à la main. Il traverse la clairière d'une foulée régulière. Dos droit, bras légèrement écartés du torse, son rythme souple, presque dansant, me donne l'impression qu'il pourrait marcher ainsi pendant des semaines.

Tandis qu'il s'approche, puis s'agenouille au pied du sapin, avec une économie de gestes qu'il a sans doute toujours possédée mais qu'il me semble ne découvrir que maintenant, je réfrène la question qui me brûle les lèvres.

— Je suis gelée. Vous me rejoignez à la maison ?

Tout d'un coup je n'en peux plus de rester là, debout, figée dans le froid sidéral. Je ne rêve pas d'un thé, d'une bouillotte, d'un bain ou d'un feu de cheminée. *Un plaid et une bonne paire de chaussettes*. Plutôt taper du pied dans la braise, cramer le sang figé dans mes veines. J'esquisse un sourire que je sais sinistre et surprends le regard de Thomas sur moi. *Bien sûr que j'ai eu envie de te tuer. Et ton père aussi. Puis je me serais foutue en l'air. Tout ça. Autant que je t'aime à en crever.*

Une fois rentrée à la maison, je grimpe directement à l'étage, sans prendre le temps d'enlever mon manteau. De toute façon, les radiateurs sont à peine tièdes. *Le froid conserve et aiguise les esprits*, justifierait certainement Pierre, singeant ainsi éternellement son père.

Mon bureau sent le renfermé. Du seuil où je me tiens postée, la pièce ressemble à ces reconstitutions de scènes de la vie domestique que l'on croise parfois dans les musées ou dans les maisons d'écrivains transformées en sanctuaires. Aménagé mais jamais vraiment occupé, l'endroit est devenu un espace mort.

Le sapin trône dans le salon ouvert sur la cuisine. L'arbre, surmonté d'une étoile en aluminium, encombré de lutins, angelots, boules brillantes, clignote à intermittence régulière au milieu des paquets. Thomas s'avance, une dernière guirlande d'un violet tapageur à la main. Je n'ai pas le courage de l'empêcher d'ajouter une énième couche même si le spectacle de ce petit conifère pathétique m'oppresse. Il se recule pour admirer son œuvre.

Encore en pyjama, les lèvres ourlées de chocolat au lait, il fouine dans la maison depuis ce matin, avec des airs de conspirateur. Je sens son regard sur moi, ses yeux fixes. Parfois, il s'arrête pour braquer mon téléphone portable sur mon visage.

— Souris, maman !

J'entends le chuintement précipité d'une rafale, puis son rire. Sur l'écran, dix fantômes.

J'épluche les pommes de terre, rince les marrons. Il enfonce un doigt sale dans la fine membrane qui recouvre la dinde, arrache un croûton de pain, coupe la pointe d'un fromage. Difficile de croire que nous sommes déjà le 24 décembre. Ma vie défile sans que j'y prenne part.

Pierre s'est enfermé à l'étage, dans *mon* bureau, pour passer des coups de fil. J'entends sa voix à travers le plafond, râle monotone véhiculé par les canalisations.

Il est 19 heures passées de dix minutes quand Françoise et Esther sonnent à la porte.

— On vient de se retrouver juste devant chez vous, quel plaisir ! Ça fait un bail qu'on ne s'est pas vues. Esther venait souvent à la maison avec Pierre, je leur faisais des crêpes !

Françoise est rouge de plaisir. Elle dépose son manteau dans un fauteuil, puis s'enquiert de Thomas :

— Il est où, le petit monstre ?

Derrière elle, Esther se déshabille également. Françoise reprend d'un ton gourmand :

— Où est-ce qu'on peut cacher les cadeaux ?

Je laisse Esther la conduire dans le salon, puis appelle Thomas et Pierre.

Une minute plus tard, je distingue le faisceau des phares d'une voiture éclairer notre portail. Puis un homme qui traverse le jardin. Sa démarche m'est familière. Esther se précipite.

— Je vais ouvrir, c'est David.

Devant mon regard interrogateur, elle précise :

— Pierre a sans doute oublié de t'en parler, c'est mon nouveau compagnon !

David Launay se tient à la porte. Sans son éternel costume bleu, il est difficilement identifiable, mais c'est bien lui.

— Monsieur Launay, je ne m'attendais pas à vous voir ici…

Son regard erre dans le vestibule. Si la voix féminine qui vient de l'accueillir lui dit certainement quelque chose, il ne semble pas m'avoir reconnue. Comme si en dehors du cadre professionnel je n'existais pas, et que ma vie, la preuve même de mon existence, ne tenait qu'aux quarante-cinq heures hebdomadaires passées à travailler.

— Monsieur Launay ?

Puis, comme s'il y avait une urgence m'obligeant à dépasser ma timidité :

— David ?

Mais l'homme qui me fait face, celui qui m'a recrutée, encouragée, félicitée, ce même homme qui a eu la délicatesse de m'offrir un carnet et un stylo le jour de mon départ, pose un regard perplexe sur moi.

Je peine à respirer. Voir Esther embrasser l'homme qui a été mon patron pendant plus de dix ans achève de me troubler. Elle prend son manteau puis, d'un ton léger, interroge :

— Vous vous connaissez ?

Tandis que j'explique la situation, David semble enfin se souvenir. Ai-je tant changé ? Cela fait pourtant moins de trois mois. Peut-être n'ai-je jamais représenté plus qu'une figure anonyme, remplaçable, d'employée. Dévouée, oui, comme des milliers d'autres. À qui on offre un stylo, un carnet, ou d'autres cadeaux sans y penser. À moins que… Les images de spectre sur mon téléphone portable reviennent me hanter. Les éclats de rire de Thomas, Lucie, mes hallucinations. Il me tend une main ferme.

— Sarah ! Mais alors, vous êtes la femme de Pierre, je suppose ? Esther m'a beaucoup parlé de son frère, mais je ne savais pas que vous étiez son épouse. Décidément…

Il n'achève pas sa phrase. Pierre débarque enfin, champagne à la main.

— Allez hop, ne restez pas dans l'entrée, tout le monde dans le salon ! Ma chérie, tu peux apporter le foie gras ? Thomas, prends la corbeille de pain !

Le bouchon de champagne atterrit dans l'encoignure d'une des deux fenêtres du salon. La mousse s'écoule sur la table basse puis dans la flûte de Françoise. Nous trinquons. L'alcool me soûle immédiatement. Pierre découpe de fines tranches de foie gras qu'il dispose sur des petites assiettes. Thomas se charge de la distribution, puis fait passer la corbeille de pain. Je n'ai pas faim. Très vite, Pierre revient avec une deuxième bouteille. Une rumeur joyeuse s'installe.

En face de moi, sur le canapé, Françoise et Esther entourent Pierre. David s'est installé à ma gauche, sur le gros Chesterfield. En face de lui, de l'autre côté de la table basse, Thomas a pris sa place habituelle, à côté du sapin. Françoise a revêtu une robe couleur chair qui la moule comme la peau d'une volaille. Tout en mollesse, son corps est la proie des mouvements du canapé, selon que Pierre ou Esther se penchent pour se servir sur la table basse. La lumière des bougies que j'ai allumées un peu partout fait luire sa peau comme si elle sortait d'un sauna. Avec ses kilos en trop, sa coupe masculine, sa teinture rousse et ses créoles en plaqué or qui distendent ses lobes, elle affiche une vulgarité décomplexée que je découvre seulement ce soir.

J'avale une gorgée de champagne qui s'écoule comme de la lave dans mon estomac vide. Quel âge peut-elle bien avoir ? Son avant-bras fripé se colle sensuellement à celui de Pierre. Soixante. Voire soixante-cinq ans puisqu'elle s'occupait de lui et d'Esther quand ils étaient petits. Sa main potelée, ses ongles nacrés, tout près de la cuisse musclée de Pierre. À l'effleurer. Elle éclate en rire de gorge. Secoue sa poitrine, écarte ses cuisses, les resserre. Jambes charnues, que j'ai envie de mordre. Pierre chuchote. Leurs yeux sont fixés sur moi. Esther se lève pour venir se percher sur les genoux de David. Elle l'embrasse goulûment, puis reprend sa place à côté de son frère. Une odalisque à la peau onctueuse. Elle échange un regard avec Pierre, avec Françoise. Les deux femmes se penchent l'une vers l'autre dans son dos tandis qu'il coupe de nouvelles tranches de foie gras. Il affiche un sourire de contentement presque grivois. Leurs mains se frôlent. Le foie gras à la commissure des lèvres. Écume rosâtre au coin de la bouche. J'ai la tête qui tourne.

J'entends des bribes de phrases. Je ne sais pas qui les prononce, ne vois plus les visages. « Nos parents vous adoraient... Surtout Pascal... » Des gloussements. « Thomas est fan... et la fois où Pierre est tombé dans l'étang ? » Des rires apoplectiques. À ma droite, Thomas s'empiffre consciencieusement de foie gras sans quitter des yeux les paquets brillants qu'Esther et Françoise ont déposés au pied du sapin. Entre chaque bouchée, il avale de longues gorgées de jus d'orange qui me soulèvent le cœur.

— Alors ce livre, ça avance ?

David se penche vers moi. Sans attendre ma réponse, il reprend :

— Vous nous manquez au bureau vous savez, même si je dois vous avouer que votre remplaçante est très efficace !

Une boule s'est formée au creux de mon ventre. Il a l'air gêné. Ou plutôt, j'ai l'air de le gêner. Moi, le pantalon noir dans lequel je nage, le gros pull en laine qui me fait ressembler à une naufragée, mon air hagard, ma peau translucide. Il tâtonne, toussote. Voudrait à cet instant être ailleurs. Poli, il s'entête :

— Ce n'est pas facile d'écrire un livre, n'est-ce pas ?

J'ai toujours haï les conversations de salon. Ce soir particulièrement.

— Je vais y arriver.

J'ai chuchoté, plus pour moi que pour lui. Je finis par m'excuser, prétextant une urgence en cuisine.

Il est déjà 10 heures quand nous commençons à dîner. J'emporte le corps endormi de Thomas dans sa chambre, chancelant sous son poids mort dans l'escalier. Je rêve de me glisser moi-même sous les draps. Quand je redescends, ils sont tous attablés.

— Sarah, assieds-toi, je t'ai servi un verre de vin.

Pierre arbore l'air comblé des pères de famille qu'entourent proches et amis. *Parrain de pacotille*, ne puis-je m'empêcher de penser. En face, Françoise grignote un morceau de pain. Son rouge à lèvres a laissé une trace violette sur sa coupe déjà vide. Je prends place à côté d'elle, en face de David. Esther est en cuisine. Sa voix caressante traverse les murs :

— Je peux apporter la dinde, Pierrot ?

C'est inutile, elle est déjà là. Les mots se précipitent à l'intérieur de ma tête, s'arrêtant in extremis au bord de mes lèvres.

Esther dépose la volaille entourée de marrons et de pommes de terre sur la table, puis prend place à côté de David. Je les sers sans délicatesse. Des gestes de l'enfance. Cantines d'école, réfectoires de colonie de vacances. De grosses louchées triviales. Ils bruissent, bourdonnent, gloutonnent, éructent dans la bulle de graisse et d'alcool que nous formons. Je trébuche, chaloupe, dodeline. Corps indocile, bras lourds, gouttelettes brunâtres sur la nappe blanche. De vagues souvenirs me reviennent. Des recommandations vertueuses. « Pendant toute la durée du traitement anxiolytique, il est recommandé de limiter l'usage de l'alcool. » *Recommander, limiter.* Et pour ceux qui ne connaissent que l'extase du *tout ou rien* ?

— C'est délicieux, m'entends-je déclarer, à contretemps.

David chuchote. Esther lui coule des regards fiévreux.

Pierre flotte loin de moi depuis le début de la soirée. Aux yeux de nos invités, c'est un être courtois, accueillant. Repu de sympathie. Un *hôte exquis*, magicien de surcroît, qui a réussi à faire disparaître sa femme. Une voix contrefaite rugit dans mon crâne. *Un véritable prodige.* Elle tempête, fanfaronne, étirant les syllabes jusqu'à les tordre. *Le M. Loyal des illusions conjugales.* Je ne tiens plus. Quand il se lève pour aller chercher une dernière bouteille de champagne pour le dessert, je lui emboîte le pas jusqu'à la cuisine. Tout en le suivant, je tente de refréner la haine. Je pense au dîner, je pense à Thomas. Peine perdue. Une fois seuls, je mitraille.

— Tu peux m'expliquer pourquoi tu as dit à Thomas que j'avais essayé de le tuer ? T'es complètement inconscient ! C'est une de tes plaisanteries, c'est ça ? Comme les ampoules qui sautent, les faux post-its et les cartes-cadeaux bidons ? C'est ça ton truc ? De l'humour et je n'ai rien compris ?

Pierre fouille dans le congélateur puis fait volte-face, la bouteille fumante à la main. Son ton est las. Comme s'il s'expliquait pour la énième fois auprès d'une attardée.

— Je blaguais, c'était une façon de parler. Il m'a juste pris au mot ! Pour le reste, tu devrais arrêter de picoler, on a des invités au cas où tu n'aurais pas remarqué.

Mon sang reflue de mon cerveau. En psychiatrie, on dirait « défaut d'entendement ». Les prémices du délire. L'antichambre de l'internement.

— C'est quoi le problème de Françoise ? Elle est amoureuse de toi ? Tout le monde t'aime, on dirait, Thomas, Esther, bientôt David. Tu ne savais pas que c'était mon patron ? Ne me dis pas qu'elle ne t'a jamais parlé de son nouveau mec.

Je ne chuchote plus. Pierre est blême.

— Faut que tu ailles te faire soigner ma pauvre, tu dis n'importe quoi.

Une deuxième fois, le sang reflue. Cortex vide. Les coups fusent de mon corps sans que je puisse rien contrôler. Son torse. Mes cris me cisaillent les tympans. Irrépressibles. Ses avant-bras, sa tête. Ses oreilles dont j'arrache le cartilage. Pierre me saisit les poignets. En tombant sur le carrelage, la bouteille explose en un geyser glacé.

— Va te coucher, je dirai aux autres que tu ne te sentais pas bien.

Une ombre passe devant mes yeux clos. Je respire une odeur du dehors. Quelqu'un est dans la pièce. Je me tourne, gémis. Mais c'est la douleur qui me réveille. Une tension au niveau des tympans, qui irradie dans toute ma boîte crânienne.

Vingt-quatre heures ont passé depuis la soirée de Noël. Ce matin, je me suis forcée à me lever pour Thomas, puis je me suis recouchée. Il a ouvert ses cadeaux, les albums illustrés d'Esther et de David, le pull-over de Françoise et le petit atelier d'apprenti bricoleur avec tous ses outils et matériaux que nous lui avons offerts.

Ce matin, quand j'ai vu le foutoir qu'ils avaient laissé, je me suis agrippée au dossier du Chesterfield que j'ai serré jusqu'à ce que le cuir garde la trace de mes ongles. J'ai respiré. Vite et fort, ce qui a augmenté mon vertige. J'ai fermé les yeux, les ai rouverts. Le désordre était toujours présent, mais ma fréquence cardiaque avait baissé. Elle a continué à baisser jusqu'à ce que Thomas ait achevé de déballer ses cadeaux. À 11 heures, électrocardiogramme quasi plat, je me suis écroulée.

Pierre se tient debout devant notre lit. Son regard dénué d'expression est fixé sur moi. Il sent le froid, la cendre et la forêt. Il tient à la main son fusil. Je vérifie l'heure sur mon téléphone. Il est bientôt minuit.

— Tu fais quoi avec ton fusil ?

Il se racle la gorge, répond à contrecœur :

— En fin d'après-midi, avec Thomas, on est tombés sur des traces de sanglier. Juste à la limite du jardin et de la forêt.

Il tousse de nouveau, comme pour évacuer le sujet, puis reprend :

— Tu peux m'expliquer ce qu'il s'est passé ce matin ? Ce n'était pas suffisant pour toi de gâcher la soirée de la veille ? Fallait que tu remettes le couvert ?

L'aube me trouve migraineuse. Le fusil de Pierre est posé sur la console en face de notre lit, ses vêtements boueux sont par terre. Une odeur de poudre et de terre règne dans la pièce. J'enfile un pull et un jean puis quitte la chambre sans faire de bruit. Une fois dans le couloir, j'écoute la maison respirer. La porte de la chambre de Thomas n'est pas fermée. Il dort sur le dos, les bras en croix, la bouche ouverte. Je m'approche sur la pointe des pieds. Sans expression, son visage est d'une pureté vertigineuse.

Les marches grincent sous mes pieds nus. Seules les assiettes et les couverts sales ont disparu du salon et de la salle à manger. Les verres, les flûtes, les papiers cadeaux et les serviettes de table sales sont encore là. Avant même d'allumer la machine à café, je fais plusieurs allers-retours jusqu'à la cuisine. Quand tout est propre, je mets l'eau à chauffer. De retour dans le salon, je dépouille le sapin de ses illuminations et j'arrache les lutins en plastique qui se balancent à ses branches. Après avoir balayé les épines de pin qui jonchent le plancher, je traîne l'arbre devant la porte d'entrée. J'enfile enfin mon manteau et une paire de bottes, puis descends à la cave.

À l'extérieur, il fait encore nuit. J'écoute la terre dormir. D'abord un silence ouaté, puis, petit à petit, elle craque, sanglote, serpente et siffle. Une cacophonie sourde et mystérieuse. Je distingue maintenant l'orée du bois, le marronnier, les bosquets noirs. Les branches du sapin s'accrochent à mon manteau et ses épines m'éraflent le visage tandis que je me dirige vers le fond du jardin en trébuchant. C'est là que je le dépose. Puis, avec la pelle que je suis allée chercher à la cave, je creuse un trou d'une trentaine de centimètres dans lequel j'enfouis le tronc du petit conifère. Je tasse à grands coups de botte la terre, m'assure qu'il tient bien droit, dispose enfin quelques pierres tout autour de sa base. L'effort m'a exténuée. En sondant la nuit déjà claire, je tombe sur les traces du sanglier. Je reste quelques instants dans le jardin, regrettant déjà de ne pas avoir replanté le sapin plus loin, au cœur de la forêt, à l'abri des hommes.

Pierre est reparti dormir dans le salon dès le soir de notre retour. « Ne t'inquiète pas, c'est temporaire, et surtout, c'est pour toi », a-t-il dit d'un ton qui se voulait péremptoire. Pourtant, je ne l'ai pas cru.

Les traces sont revenues, accompagnées de piqûres. Mes poignets étaient cerclés de mauve au niveau de l'os saillant. C'était légèrement gonflé. Douloureux comme un hématome datant de plusieurs jours. Je suis restée longtemps assise sur le lit, les pieds posés à plat sur le parquet, à me masser en appuyant de plus en plus fort, comme si la sensation lancinante pouvait receler un indice. J'avais mal au crâne. J'ai accentué la pression, enfoncé mes ongles dans la peau fine. J'ai fait rouler mes os sous le derme devenu rose. J'ai sondé mes souvenirs sans rien trouver. Pas l'ombre d'une piste.

Le soir, ma peau est devenue jaune. Le lendemain, tout avait disparu à l'exception de la migraine.

C'est la première fois que nous réveillonnons au restaurant. Marion est là, dans l'entrée, à écouter les consignes de Pierre tandis que je chausse mes escarpins à talons hauts. Thomas se faufile au milieu d'une phrase de son père, sa valisette remplie de Lego à la main.

— Bonjour Marion, prononce-t-il tout en inspectant mon sac à main comme si j'y avais caché un trésor.

Elle le salue avec une chaleur complice, puis, après s'être déchaussée, se retourne vers moi.

— Qu'est-ce qu'il a grandi depuis la dernière fois. C'est fou comme ça pousse à cet âge, on dirait un autre petit garçon !

Je n'ai pas grand-chose à objecter. Sans doute est-ce l'une de ces phrases banales que l'on déclare entre deux portes, pour meubler. Et puis elle exagère. Après tout, cela ne fait pas si longtemps qu'elle est venue. Comment un être humain, même un enfant, pourrait-il se métamorphoser en si peu de temps ?

Nous traversons la ville en taxi. La circulation est dense. Sur les trottoirs, les passants se croisent sans jamais se heurter, les bars se remplissent. La capitale est en effervescence. Dans quelques heures, la tour Eiffel scintillera. Il y aura du tumulte. Dans les rues et dans les foyers. Seuls les tout-petits et les vieillards échapperont à ce cirque.

La main de Pierre est sur mon genou. Le taxi allume la radio et un air de jazz teinté de rythmes latinos se répand dans l'habitacle, annulant le bruit des klaxons. Regard tourné vers l'extérieur, Pierre fredonne en me malaxant la cuisse. À un feu rouge, la mélodie s'emballe. Maintenant sa main large et sèche pianote en cadence sur le nylon noir de mon collant. Il remue sa tête de gauche à droite tandis que le saxophone prend de l'ampleur. Le chauffeur augmente le son et les voix nubiles de jeunes Cubaines se mettent à crépiter au son des maracas.

Un début de migraine s'infiltre sous la peau de mon visage, comme un casque de fièvre. J'éprouve un frisson en songeant au temps qu'il me reste avant de reprendre le travail. Neuf mois : une grossesse. Je tente de me rassurer. Tout est encore jouable. Il ne s'agit pas de bonnes résolutions, ni le projet d'un emploi du temps cadencé par l'écriture. Plutôt une invocation tournée vers le ciel noir de décembre.

Dix minutes plus tard, notre taxi nous dépose à l'angle d'un boulevard situé le long des quais de Seine. Nous effectuons quelques pas dans la nuit glaciale, puis arrivons devant l'entrée du restaurant. Avec ses tables de marbre noir, le ballet velouté des serveurs, les notes de piano à peine perceptibles, l'endroit exhale cette odeur lascive que possède parfois l'argent. J'entends parler français, anglais, espagnol.

Tandis que Pierre commande du champagne et le plateau de fruits de mer des grandes occasions, je détaille sa veste en velours côtelé et son col roulé noir. J'étudie ses traits mâles, sa peau comme lustrée, ses cheveux collés en arrière par le gel, son front large et ses sourcils épais. L'odeur ambrée de son parfum plane au-dessus de notre table. Je le regarde encore quand le serveur s'approche pour nous servir.

— À NoHack et à l'année qui s'annonce ! déclare-t-il en se penchant vers moi.

Nous trinquons. Puis sa bouche s'approche de la mienne et je prends conscience en touchant ses lèvres que cela fait des jours, peut-être des semaines, que nous ne nous sommes pas embrassés. Sa langue brûlante cherche son chemin entre mes dents que je finis par desserrer, liqueur épaisse sur mon palais. Son nez écrase le mien, ses mains sont posées sur les miennes, comme des clous rivés sur une croix. Au bout de quelques secondes, je suffoque. Je me libère en reculant la tête brusquement, cache mes mains sous la table.

— Que se passe-t-il, ma chérie ?

J'avale une gorgée de champagne, croise le regard d'une jeune femme en manteau de fourrure qui se dirige vers les toilettes. Ses bottes aux talons affûtés comme de longs couteaux dansent dans la pénombre. Son visage pointu s'attarde sur le profil de Pierre. Je tends à nouveau mes lèvres sèches. Nous nous embrassons longtemps. La bouche, les lèvres, la langue, les dents. Cette fois, c'est Pierre qui doucement se rétracte, puis recule pour s'installer confortablement dans son fauteuil. Je l'observe de nouveau. Œil noir, sourcil ombrageux, jambes écartées sous la table en une posture désinvolte. L'homme qui était en face de moi il y a moins d'une minute a disparu.

Notre baiser m'a vidée. Je détache un morceau d'un des petits pains tièdes que le serveur vient de nous apporter. La mie molle s'accroche à mes doigts. Pierre reprend :

— Ce soir, nous célébrons la fin de cette année, mais surtout une excellente nouvelle ! NoHack a signé d'importants contrats avec deux groupes majeurs du CAC 40.

En moins de cinq minutes, nous venons de trinquer deux fois à sa boîte. Je prends mon temps pour me taire. Derrière nous, comme un écho décalé, une tablée éclate de rire. Des petits verres dorés, remplis de liqueur, circulent entre les convives. À quarante-deux ans, Pierre Barry a réalisé son rêve. Accompli une ambition.

— Bravo, mon amour, je suis fière de toi.

Ma bouche expulse des mots-réflexes, des mots-bruits. *Comment se fait-il qu'il soit le seul à ne pas avoir remarqué ma maigreur ?*

— Mais ce n'est pas tout, Sylvain et moi sommes invités au prochain Forum économique mondial ! Nous partons dans trois semaines pour Davos !

La satisfaction se déploie sur son visage.

— Esther a traduit en anglais les plaquettes de présentation de la boîte, j'ai bien compris que tu étais très prise par ton livre…

La pointe d'un stylet s'enfonce dans mes tympans. Je porte ma main à mon visage pour tenter de maîtriser la douleur qui irradie jusqu'à ma moelle épinière. Dans le faisceau de lumière oblique des appliques, le visage de Pierre apparaît sans défaut, photographie aux tons chauds d'un homme au climax de sa vie.

Du mouvement derrière moi, accompagné d'une odeur de marée. J'avale ma salive. J'ai déjà l'écume pourrie dans ma bouche, les algues noires au-dessus desquelles ondoient les mouches. Une fois posé sur la table, le plateau de fruits de mer dévoile toute sa monstruosité. Des lombrics gluants se tortillent sous un immense scarabée à la carapace orange, des insectes préhistoriques crachent une bave translucide qui s'écoule sur notre nappe blanche. L'ensemble serpente dans une viscosité glacée. Une arête, un morceau de la croûte du pain que je malaxe depuis que nous sommes arrivés. Quelque chose de sec au milieu de ma gorge. Je tousse. À n'en plus finir. Une gorgée d'eau, une deuxième. Le sang affleure dans ma bouche.

Quelques convives se retournent. J'ai les poumons en feu, des bourdonnements dans les oreilles, les larmes aux yeux.

— Tout va bien, ma chérie ? Tu es un peu pâle, fait remarquer Pierre en avalant une gorgée de champagne.

Je parviens enfin à me calmer.

— J'ai attrapé une mauvaise grippe, je suis fatiguée, j'aurais dû prendre de la viande rouge.

Aussitôt, Pierre hèle notre serveur. « Madame va vous commander un tartare. » Craquement d'os qui se disloque. Pierre arrache d'un coup de dents les pinces brunes de l'énorme crabe.

— J'espère que tu n'es pas enceinte ! Tu prends bien la pilule ?

Il n'est pas encore minuit quand Pierre introduit sa clé dans la serrure de la porte de l'appartement. Marion apparaît aussitôt. Elle semble surprise de nous voir rentrer avant le décompte fatidique. Tout en ôtant mes escarpins, je l'interroge :

— Thomas a été sage ?

Depuis tout ce temps, je pourrais m'intéresser à elle. Poser autre chose que cette invariable question. Ce que je fais d'ailleurs, sans conviction. Que pourrait-il se passer ? Rien. Il ne se passe jamais rien. Nous nous croisons poliment. Flotte entre nous une atmosphère de courtoise sympathie, construite au fil des années de furtives recommandations et d'« au-revoir-rentrez-bien » murmurés dans la pénombre.

À l'étage du dessus, une fête s'est improvisée peu après notre départ. J'entends les invités chanter, sans doute danser, taper du pied. Plus que dix minutes avant que les hurlements n'éclatent. Je prie pour que Thomas ne se réveille pas tout en ouvrant mon portefeuille.

— Tout s'est bien passé, on a pris le bain, il a mangé ses spaghettis puis je lui ai raconté une histoire.

Au milieu de sa phrase, elle arbore soudain un air gêné. Elle baisse d'un ton, puis reprend :

— J'avais un peu mal au crâne, alors je me suis permis de me servir dans votre pharmacie. Par contre, je me suis trompée de boîte, j'ai pris un de vos médicaments.

Je pense à mes comprimés de fer et au Seroplex. Face à mon silence, elle enchaîne d'une voix plus assurée :

— Je ne sais pas si c'est l'effet placebo, mais je n'ai plus du tout mal !

Marion partie, Pierre disparaît dans le salon. Je l'entends chantonner. Voix de grave fantaisiste. Tiroirs ouverts, puis la fanfare synthétique de son ordinateur qui s'allume. Mes poumons se remplissent comme une éponge. Une eau de vaisselle grasse, charriant de minuscules déchets organiques. Je respire par à-coups. À chaque inhalation, les particules se coincent plus profondément dans ma cage thoracique. Des acclamations bestiales au-dessus de ma tête. La rumeur d'une liesse hystérique. Plafonds, murs, tout vibre au son d'une enceinte réglée à son volume maximal. Plus loin, dans la rue, ce sont les klaxons. De l'autre côté de la cloison, Pierre me souhaite une bonne année.

Mon corps est un gratte-ciel ravagé par les flammes. L'incendie fait fondre le plastique, s'écrouler les cloisons les unes sur les autres. La fumée asphyxie les individus coincés dans les étages. Ils hurlent avant de se jeter par les fenêtres et leurs cris me crèvent les tympans.

Thomas se tient à l'entrée de la salle de bains, son écureuil en peluche à la main. À force d'être traîné partout, le petit animal roux ressemble à un gros rat désarticulé. Pierre s'apprête à sortir. Une réunion avec Sylvain, même si nous sommes le 1er janvier. « Pas de répit pour les ambitieux ! », a-t-il rétorqué quand je l'ai interrogé. Maintenant, il masse les épaules de Thomas entre le pouce et l'index.

— Arrête de lui crier dessus. Tu es crevée en ce moment, tu prends bien tes médicaments ?

Thomas m'observe. Petit pantin. Il répète :

— Tu prends tes médicaments, maman ?

La porte d'entrée claque. Le choc se répercute dans ma tête. Je n'ai aucun souvenir de la soirée de la veille. Je fouille dans le tiroir à pharmacie, puis prélève deux comprimés de fer et un de Seroplex, que j'avale avec une gorgée d'eau.

— Pardon, mon chéri, maman est fatiguée.

Je quitte la pièce en emportant avec moi une boîte d'antalgiques.

Pierre parti, j'erre dans l'appartement. Dans sa chambre, encore en pyjama, Thomas joue sur son établi. Du couloir, je l'entends marmonner. Longues phrases indéchiffrables qui forment une aura paisible autour de sa silhouette fluette. Il chuchote, s'empare des éléments – marteau, clous, vis, écrous – les change de place, les suspend dans un ordre différent, les dispose sur son lit, puis par terre. Ses murmures sont dépourvus de ponctuation. L'appartement résonne de ses phrases assourdies. L'écho enfantin se fait entendre jusque dans l'entrée, s'infiltrant à travers les murs pour retentir dans le salon, la salle de bains, notre chambre. Je prends un Doliprane, puis un deuxième. Il faudrait que je m'habille. Que je l'habille. Sortir. Acheter du pain, à moins que tout ne soit fermé. Prendre l'air. Respirer.

18 heures. Pierre n'est pas encore rentré. La nuit éclaire l'appartement de ses ténèbres. Toujours en pyjama, Thomas regarde un dessin animé dans le salon, ses pieds nus posés sur la table basse jonchée de paquets de chips vides et de briques de jus d'orange semblables à des compressions de César. Pierre, comme chaque matin depuis trois semaines,

a soigneusement camouflé les traces de sa présence nocturne dans le salon. J'enfile un pull et un bas de jogging sur le T-shirt avec lequel j'ai dormi, puis me calfeutre dans le gros anorak d'hiver de Pierre :

— Tu restes tout seul dix minutes mon chéri ? Je vais faire une course.

Il acquiesce sans détourner le regard de l'écran.

Dans la cage d'escalier, je grelotte. Quelqu'un a ouvert le vasistas qui donne sur la cour et un filet d'air polaire s'infiltre à tous les étages. Je m'engouffre dans l'ascenseur. Dix minutes plus tard, je suis de retour à la maison. Je me débarrasse du blouson de Pierre dans le vestibule, puis jette un œil dans le salon. Ça sent le renfermé. Thomas n'a pas bougé, hypnotisé par la farandole de lapins multicolores qui dansent en rond dans la télévision. Un rythme électronique de jeux vidéo accompagne chacune de leurs pirouettes. Je reste quelques instants dans l'embrasure de la porte, fascinée moi aussi par le halo de couleurs soyeuses qui se répand dans la pièce.

Je pousse la porte des toilettes puis m'accroupis sur le siège tout en déballant le test de grossesse que je viens d'acheter à la pharmacie de garde. Mon urine est presque orange. Je lève la tête. Je ne l'ai pas entendu se lever. Il m'observe, debout dans l'embrasure de la porte. Il sent la sueur chaude.

La terre, sèche et friable comme de l'argile, s'infiltre dans mon nez, mes oreilles, ma bouche. J'essaie d'ouvrir les yeux pour savoir d'où elle vient, mais une pellicule de poussière ocre vient se coller sur ma rétine. Mes yeux brûlent. Des milliers de grains de sable, coupants comme du verre, abrasent la surface aqueuse de ma cornée, m'obligeant à fermer les paupières. Je me réveille en sursaut. *Je ne suis pas enceinte.*

Lundi 5 janvier. 5 h 30 sur mon téléphone portable. Le réveil de Pierre va sonner dans une heure. Je l'entendrai replier le canapé, puis se diriger vers la cuisine pour boire son café devant son ordinateur. Sa voix retentira dans l'appartement.

Petit chat, petit loup, petit tigre, petit ours…
Petites dents, grosses dents, petites griffes, grosses pattes…
Petite souris, petites pattes, petit chiot, petits crocs…

Il faudra que je prépare le bol de lait chaud pour Thomas, que j'y verse le chocolat en poudre. Beurrer le pain grillé.

Maman, mommy, mama, donne-moi…
Maman, mommy, mama, donne-moi…
À MANGER !
À MANGER !
Du bon, du gras, du lait !
Du bon, du gras, du lait !

Que je m'habille. Pull, pantalon, grosses chaussettes, manteau, écharpe. Que j'échappe au visage translucide tapi au fond du miroir de l'entrée.

À MANGER ! À MANGER !
DU BON, DU GRAS, DU LAIT !
Sinon je vais te MANGER
Sinon je vais te DÉVORER
À MANGER
À MANGER

Le salon résonne quand on parle. Il y fait glacial. Lucie m'apporte du thé brûlant, des biscuits que j'émiette au creux de la soucoupe ébréchée qu'elle me tend.

— Fais pas attention, Samuel a tendance à vider le lave-vaisselle comme un boxeur, on a plus une seule assiette en état.

Je souris machinalement. Sa voix retentit dans la grande pièce. Pleine d'une joie chaude. Tonalité de basse, que vient rehausser le musc de son parfum.

— Au fait, pourquoi vous n'êtes pas venus à notre réveillon ? C'est dommage, il y avait tous les anciens de la fac !

La surface du salon s'étire à perte de vue. Jeu de miroir infini. Canapés, fauteuils, tableaux, table basse, poupées, jouets et coloriages écrasés sur le parquet. Les meubles et les objets sont minuscules. Les murs vacillent, puis s'écartent. Quelques secondes encore avant que les parois ne deviennent invisibles. Je m'accroche aux coussins du canapé pour ne pas disparaître.

— Tu as déménagé ?

Je m'entends croasser. Dire n'importe quoi. C'est la même adresse, le même étage. À droite en sortant de l'ascenseur. Mais je ne reconnais pas cet espace immense. Loin, très loin au-dessus de ma tête, le plafond se soulève pour dévoiler une nuit sans étoiles. Les cloisons continuent de s'éloigner, laissant la place à un grand vide. La pointe d'une minuscule flèche empoisonnée triture le fond de mon oreille tandis que Lucie repose sa question.

Je me décide enfin à répondre :

— De quel réveillon tu parles ? On a passé la soirée dans un restaurant luxueux, ce qui ne m'a pas empêchée d'être malade…

Lucie me regarde fixement, puis articule distinctement :

— J'ai téléphoné à Pierre il y a environ un mois, juste avant les vacances de Noël. Je m'inquiétais pour toi. Pour ne rien te cacher, il a été assez froid. J'ai bien compris que je me mêlais de ce qui ne me regarde pas.

Je ne suis plus qu'une Barbie microscopique, perdue entre les plaids chamarrés et les tissus soyeux.

— Et ?

— Juste avant de raccrocher, je vous ai invités à venir passer le réveillon à la maison. Il m'a assuré qu'il te passerait le message.

Je songe à ce dîner feutré, aux fruits de mer. À notre solitude.

— Il voulait te garder pour lui tout seul, je suppose.

J'avise ma petite assiette, jonchée de miettes.

— Je ne crois pas que ce soit la bonne raison…

Elle croque dans un biscuit, repousse une mèche de cheveux dorée derrière l'oreille. Elle arbore soudain un sourire espiègle.

— Il te trompe avec la baby-sitter ?

Marion, son visage blanc, ses yeux translucides. Ses gros seins auxquels, petit, Thomas s'accrochait comme à des bouées de sauvetage.

Les sourcils de mon amie se lèvent en un arc de cercle parfait. Ses yeux rieurs ne me voient plus.

Je ne m'habille que pour conduire Thomas à l'école. Les maux de tête ne me quittent plus. Perçants, pointus comme des cris permanents. Les journées s'étirent dans le vide. Je ne me déplace pas, je chavire, regardée, observée, étudiée, scrutée. Des milliers d'yeux collés à ce qu'il me reste de peau. Mes bras sont trop longs, ma démarche est embarrassée. Des escaliers apparaissent au milieu des passages cloutés, j'enjambe des obstacles invisibles, trébuche sur le bitume. Une ombre parmi les monstres. La ville est fébrile. Cacophonie des klaxons, travaux de voiries, façades d'immeubles que l'on ravale, moteurs de mobylettes trafiquées, sirènes des pompiers, bruissement continu des conversations. Elle m'asphyxie.

Cela fait quatre jours que Pierre a pris le train pour Davos avec Sylvain. Esther les a rejoints pour la séance plénière pendant laquelle NoHack sera présenté à des investisseurs. Ils font des *rencontres intéressantes.* C'est *indispensable* d'être là-bas pour *distribuer des cartes de visite. Prendre de nouveaux contacts. Tisser son réseau.* Je pourrais poser mon téléphone quand il parle. Faire autre chose. La cuisine, le ménage, de la peinture sur porcelaine. Écrire. Le roman de Pierre Barry. *Chroniques d'un entrepreneur à succès.*

Je suis descendue à cinquante-quatre kilos. Sans effort. Sans régime. Sans manger. Je pourrais m'envoler. Pourtant, quand j'ouvre les volets le matin, que je les referme le soir, ma pensée se fragmente, mon corps devient plus lourd. Mes poumons pulsent dans mon corps, le rendant maladroit, usé. Des centaines de kilos près du balcon du salon, une tonne à proximité de la rambarde de la cuisine. Le vide de la rue, celui de la cour de notre immeuble. Cinq étages et une dizaine de mètres, horriblement désirables.

Thomas me serre dans ses bras, frappe ses petites mains sur mes côtes.

— Maman, maman, MAMAN ! chantonne-t-il en rythme avec une chanson apprise à l'école.

Pierre appelle tous les jours. Plusieurs fois par jour. Mon téléphone ne sonne plus désormais que pour afficher son nom. *Pierre Barry.* Le matin, tôt, puis à 11 heures. Il répète. *Tu vas bien ? Tu dors bien ? Tu prends bien tes médicaments ?* En début d'après-midi, puis à 16 heures, enfin le soir. *Tu vas bien ? Tu dors bien ? Tu prends bien tes médicaments ?* Il me semble parfois que la sonnerie de mon portable retentit en continu. Vrille stridente dans mes oreilles. Mon estomac. J'enlève le son. L'écran s'allume alors par intermittence, gyrophare de voiture de police silencieux, annonçant un danger muet. Je finis par l'enfouir dans une poche de manteau pour le récupérer une heure plus tard, vidé de sa batterie.

Sa voix possède l'odeur virile de son eau de toilette. Moelleuse, confortable. Remplie d'une sollicitude qui me donne envie de hurler.

Derrière lui, des hommes et des femmes parlent dans toutes les langues. Trois notes de piano s'élèvent soudain. Je perçois une voix d'arbitre de match de tennis, annonciatrice, je suppose, du programme de la journée.

— Tout va bien à Paris ? Tu dors bien ?

Je n'ai d'énergie que pour une riposte molle.

— Tu ne crois pas que tes appels sont un peu excessifs ?

Sa réponse tombe, en avance de plusieurs répliques dans le dialogue :

— C'est moi qui suis malade, maintenant ?

Aucune repartie ne me vient à l'esprit.

Sa voix à peine atténuée par la distance, j'entends Esther s'exprimer dans un anglais irréprochable. Je serre les poings. Comme s'il avait deviné ma pensée, Pierre reprend :

— Au fait, je ne sais pas pourquoi je t'ai emmerdée avec mes traductions, Esther va s'y mettre dès notre retour.

Je regrette de l'avoir rappelé. Je devrais raccrocher mais une question m'obsède :

— Pourquoi tu ne m'as pas dit que Lucie t'avait téléphoné avant Noël ?

Sa voix est lointaine. Ennuyée de répondre à l'interrogatoire d'une femme égarée, la sienne.

— Je ne sais pas, ma chérie, j'ai dû oublier…

Ma riposte ne tarde pas.

— Oublier de me dire que ma meilleure amie s'inquiétait pour moi et qu'elle nous invitait à passer le réveillon chez elle ?

Sa réponse me laisse sans voix.

— Tu vois, c'est dommage, je l'aimais bien Lucie, mais avec ce que tu me dis, j'en conclus qu'elle n'est rien d'autre qu'une fouille-merde.

Fouille-merde. Le tranchant des mots taillade l'intérieur de ma bouche.

— Devine ce que papa a dans son sac !

Pierre vide sa valise sur notre lit.

— Peut-être qu'il y a quelque chose pour mon petit Thomas ?

Les prospectus et les carnets de prise de notes avec l'en-tête du logo du Forum économique mondial sont mêlés à ses costumes froissés, ses caleçons. Les badges, les stylos et les clés USB qu'il a rapportés forment une pelote embrouillée sur laquelle Thomas se précipite. Pierre poursuit :

— Tu brûles !

Thomas rit nerveusement. Trop excité pour exprimer autrement son contentement. Pierre finit par extirper de sa trousse de toilette une barre de Toblerone de la taille d'un lingot.

— Et voilà ! s'extasient-ils tous les deux en chœur.

— Merci, papa ! Regarde, maman !

Un détail accroche mon regard. La console sous le miroir. Le pêle-mêle fixé au mur en face de la porte. Les cadres sur nos deux tables de chevet.

— Maman ?

Je fonce dans le couloir. Mon cœur martèle mon sternum jusqu'au plexus solaire. Même chose dans le salon. Rien sur la table basse ni sur la cheminée. Rien dans les bibliothèques. Quelqu'un cogne, pioche, pilonne dans ma tête. Toutes les photos de moi ont disparu.

Je ne les ai pas entendus me suivre. Tout près de mon oreille, Thomas répète :

— Regarde maman !

Je ne vois rien. *Je ne vois rien.* J'entends à peine Pierre dire à Thomas de ranger le chocolat dans la cuisine. Deux bûcherons hilares jouent de la scie en cadence à la racine de mes cheveux. Une, deux. Devant, derrière. En rythme. Jusqu'à fendre la bûche dans l'éclat d'une joie bruyante et saine. La vision sylvestre, presque caricaturale, glisse en moi en un fondu enchaîné pour laisser la place à quelque chose de plus affreux. Un insecte captif au corps mou, aux pattes sèches, grignote ma matière grise. Il bourdonne entre mes os temporaux. Grossit au niveau de mon œsophage, puis creuse un souterrain entre les deux éponges de mes poumons. Ça s'arrête au niveau de ma vessie. Ou mes ovaires. Dans l'intestin grêle, où une bile acide se répand jusqu'à mes reins. La douleur, diffuse, devient liquide.

— Maman, maman ! MAMAN, tu es toute rouge !

Les cris de Thomas parviennent au ralenti jusqu'à mes oreilles. Je souris. La voix de Pierre rebondit dans l'espace :

— Je dirais plutôt qu'elle est toute blanche, ça va, ma chérie ?

Thomas hurle. Un cochon qu'on égorge derrière une couverture de coton.

— Mais non, papa ! Regarde son pantalon !

L'eau du bain écorche ma peau. Des dizaines de points rouges derrière mes genoux, dans mon cou. Quelques-uns clairsemés sur ma poitrine. La vapeur blanche étouffe mes pensées. Pantalon dans le lave-linge, eau rouge, puis rose, puis tiède. Je suis bien, là. Dans un cocon doux. Mon cerveau comme une huître. Fabrique, façonne. Un silex noir qui charcute la matière molle veinée de sang.

Pierre vient d'embrasser Thomas, après lui avoir raconté une histoire et chanté sa comptine préférée. En pénétrant dans la salle de bains, il bute sur une forme caoutchouteuse. Sarah est allongée sur le carrelage. Elle ne bouge pas. Il s'agenouille auprès d'elle, puis pose son oreille sur son cœur. Il n'appelle pas tout de suite les pompiers.

Au fond de l'appartement, Thomas s'est assoupi dès que Pierre a fini de le border. C'est du moins ce qu'il croit. À peine son père disparu, il s'est levé pour entrouvrir la porte de sa chambre et allumer la lumière du couloir. Allongé dans son lit, il entend des bruits de voix. Les pompiers, puis l'officier de police judiciaire de garde du commissariat central du 1er arrondissement. En toile de fond sonore un gémissement. Un timbre rauque – il ne reconnaît pas tout de suite celui de son père – répète la même phrase : « Je ne comprends pas, je ne comprends pas ». Thomas se met à pleurer. Dans son petit ventre, un nœud serré vient de se former. Au-delà des murs, le gémissement se transforme en complainte, puis le silence se réinstalle. Thomas se redresse, pose un pied sur sa descente de lit. L'autre reste en l'air. Quelqu'un qu'il ne connaît pas prononce des phrases qu'il ne saisit pas.

— On va devoir vous poser quelques questions, est-ce que vous pouvez confier votre fils à un parent ou à des voisins ?

Thomas n'entend pas la réponse de son père. L'inconnu reprend :

— C'est la procédure, mais ne vous inquiétez pas, vous serez de retour chez vous rapidement.

Quelques minutes plus tard, Esther, la tante de Thomas, rentre dans sa chambre. Elle ne dit rien, mais le serre dans ses bras. Thomas appelle sa maman.

Il est minuit quand une voiture de police banalisée dépose Pierre devant chez lui. Tout en composant le numéro d'Esther quelques minutes plus tard, il remarque que l'ordinateur de sa femme n'est plus sur la table basse du salon.

Mercredi 7 février 2022 – Rapport d'autopsie transmis au commissaire Rogas (Commissariat central du 1er arrondissement)

Examen du corps de :
X, présumée être BARRY Sarah

Née le :
02/12/1980

Réquisition le :
06/02/2022

Par :
Commissaire ROGAS – OPJ Paris 1er

Effectué le :
07/02/2022 par le Dr Raphaëlle Ribeiro, médecin légiste au service d'unité médico-judiciaire de l'hôpital

Hôtel-Dieu, qui certifie avoir personnellement rempli sa mission.

Commémoratifs :

Les données de l'enquête nous apprennent que le corps de l'intéressée aurait été découvert à son domicile du 34, rue Bouchardon dans le 10e arrondissement de Paris, le mardi 6 février 2022 à 20 h 17. Le corps aurait été trouvé par M. Pierre BARRY, le mari de l'intéressée, dans la salle de bains de l'appartement familial ci-dessus nommé. Selon Pierre BARRY, l'intéressée aurait été vue vivante pour la dernière fois à 18 h 49, dans le salon du domicile.

Examen du corps :

Intéressée allongée au sol sur le dos. Les jambes, les bras et les mâchoires sont crispés. Prélèvement fait aux coins des lèvres d'une mousse blanche. La température du foie était de 17 °C à 20 h 42, soit une hypothermie anormale. La température sur les lieux est de 21 °C. On note une rigidité cadavérique totale et précoce.

Examen externe :

L'autopsie commence le 07/02/2021 à 9 h 30. En début d'examen, le corps est couvert d'un pull-over en laine, d'un pantalon de jogging, pas de sous-vêtements. Les pieds sont nus.

Le corps est celui d'une femme adulte mesurant 1 m 70 et pesant 49 kg. Pas de maladie déclarée par le mari. On note cependant l'extrême maigreur de l'intéressée.

Les cheveux noirs, striés de mèches blanches, sont d'une longueur maximale de 50 cm. Une analyse toxicologique d'un prélèvement de mèche de cheveux est réalisée.

Les yeux sont ouverts. Les iris sont noirs. Les cornées sont injectées de sang. Les pupilles sont rétractées et mesurent 2 mm. Les extrémités des doigts ont une teinte bleutée très prononcée, signe d'une cyanose caractéristique du phénomène de Raynaud.

Présence, sur tout le corps, de marques cutanées. Notamment petits points rouges et violets (pétéchies), ecchymoses ainsi que vaisseaux sanguins élargis et visibles sous la peau au niveau des poignets (télangiectasies). Également de nombreuses piqûres qui semblent avoir été provoquées par un insecte.

Examen interne :

Les tissus des reins sont endommagés.

Foie d'apparence fibreuse.

Organisme exsangue : seulement deux litres de sang prélevés sur le corps, au lieu des cinq litres d'usage pour ce type de gabarit.

Traces d'aspirine dans tout le corps.

Conclusion :

La mort semble survenue par arrêt du fonctionnement des organes vitaux. Cause du décès difficilement explicable sinon par une pathologie non répertoriée.

Bientôt l'heure du déjeuner. Le commissaire Rogas se prépare à rejoindre sa femme au restaurant. Peut-être qu'il pourrait y aller à pied, histoire de décompresser, songe-t-il en mettant un peu d'ordre sur son bureau. Quelque chose lui échappe. Un début de migraine s'insinue entre ses yeux, davantage un élancement vif qu'un mal de crâne diffus. Il relit une dernière fois la déposition du mari, celle des amies, du patron, des anciens collègues, même les quelques mots hébétés qu'il a réussi à tirer de la bouche du fils avant que sa tante ne l'emmène. Il se penche ensuite une nouvelle fois sur le rapport de la légiste.

Le lieutenant Kleber, son second, choisit ce moment pour pénétrer dans la pièce.

— Du nouveau ?

Le commissaire jette un coup d'œil à sa montre au bracelet de cuir usé, cadeau de sa femme. Encore cinq minutes et il lui faudra se résoudre à prendre sa moto s'il ne veut pas être en retard.

— Elle avait pris une année sabbatique pour écrire un livre, mais on a vérifié son ordinateur, pas une trace, excepté quelques poèmes et son journal intime.

J'ai trouvé deux disques durs lui appartenant, mais là aussi, rien, à part des photos de vacances et des formulaires administratifs.

Rogas soupire en se remémorant le journal intime de la défunte. C'est tout ce qui reste de cette femme. Quand il l'a découvert, sur son ordinateur portable, il a éprouvé une montée d'adrénaline. C'était exactement le genre de pièce cruciale qu'il espérait trouver. Il a vite déchanté. Kleber insiste :

— Vous avez relevé des informations exploitables ?

— Visiblement, elle n'était pas très heureuse. Elle se sentait menacée par son mari, mais aussi par son fils. Il y a des passages d'une noirceur... Mais je n'arrive pas à savoir si nous avons affaire à un simple cas de dépression sévère, voire de paranoïa, ou si quelque chose nous échappe. Son médecin lui avait prescrit un traitement de fer pour des problèmes de règles hémorragiques, mais elle s'est rendu compte au bout d'un certain moment qu'elle prenait des comprimés d'aspirine.

En entendant ce détail, Kleber coupe la parole de son chef :

— À ce propos, la légiste a rappelé, elle dit qu'elle n'a jamais vu un corps aussi sec. Littéralement sec. Il lui manquait du sang, au moins trois litres. Et elle n'a aucune idée de ce qui a pu provoquer ce phénomène. Vous imaginez, commissaire, trois bouteilles de Coca d'un litre ?

Rogas secoue la tête en signe de lassitude, puis, enfilant son blouson :

— De toute façon, c'est suffisant pour qu'on convoque à nouveau le mari. Je compte sur toi pour qu'il soit là à mon retour.

— Je vous remercie d'être venu, monsieur Barry. Comme le lieutenant Kleber a dû vous le dire, de nouveaux éléments sont apparus dans l'enquête portant sur le décès de votre femme…

— L'enquête ?

Pierre Barry ouvre de grands yeux cernés. Rogas considère la silhouette sportive de l'homme qui lui fait face.

— Vous saviez que votre femme tenait un journal ?

Le regard de Pierre s'agrandit. Trois rides fines apparaissent au milieu de son front lisse.

— Vous voulez parler de son roman ?

Soucieux de dissiper le malentendu, le commissaire précise :

— On a surtout trouvé des écrits très personnels, sur son ordinateur. Quant à savoir si c'est la trame d'un roman, je crains ne pas être assez qualifié pour le déterminer.

Devant le visage devenu inexpressif de son interlocuteur, Rogas ressent de la gêne. Après s'être éclairci la gorge, chuchotant presque comme pour atténuer le caractère intrusif de la question qu'il s'apprête à poser, il reprend :

— Vous saviez qu'elle était malheureuse ?

Deux heures plus tard, le commissaire quitte la salle d'interrogatoire pour aller chercher un café et une bouteille d'eau dans son bureau. Il tombe sur Kleber, assis à la petite table où se trouve la machine à café. En voyant son supérieur entrer dans la pièce, celui-ci relève la tête de sa pile de dossiers :

— Alors, vous trouvez quelque chose ?

— L'interrogatoire ne donne rien pour l'instant. Il a l'air sous le choc. Il n'arrête pas de répéter qu'il était souvent absent ces derniers temps. Quant à savoir s'il y est pour quelque chose, je crains que cela soit impossible à prouver. J'ai envoyé une équipe à son domicile, ils ont effectivement trouvé des étuis de médicaments intervertis dans la pharmacie familiale, mais cela ne prouve rien vu le beau bordel sur lequel ils sont tombés…, et l'état de confusion mêlée de fatigue de la défunte laisse penser qu'elle a très bien pu se tromper pendant des semaines, avec le résultat qu'on connaît…

Un léger soupir sort de la bouche de Rogas. Un condensé de tristesse dans quelques décilitres de dioxyde de carbone. Kleber en profite pour poser la question qui lui brûle les lèvres :

— Vous pensez qu'il est sincère ?

— Hélas, la sincérité n'est pas une preuve, mais si c'est ta question, oui, il me semble authentiquement bouleversé. Je vais encore vérifier quelques points avec lui demain matin, mais ensuite il faudra le relâcher.

Mardi 8 février 2022 – 15 heures – (IML) Institut médico-légal de Paris

Le Dr Ribeiro passe une éponge imbibée d'alcool sur la chair rigide. Sa dernière patiente – *patient, patiente*, c'est ainsi qu'elle nomme les cadavres qui lui sont confiés, pour leur rendre un peu d'humanité – a le même âge qu'elle. Sous sa main gantée, la peau souillée redevient pâle. À part les deux cicatrices sur le torse de la défunte, qu'elle a dû pratiquer pour ses prélèvements, le corps est intact. Intègre malgré sa maigreur squelettique. Elle effleure les angles aigus, cette peau tendue à l'extrême. Elle évite les cratères des seins, le ventre concave dont il lui semble impossible qu'il ait pu, un jour, porter la vie.

En ce début de matinée d'hiver, la pièce carrelée de blanc irradie la lumière grise de la rue. Après avoir nettoyé le corps, la légiste désinfecte une dernière fois ses ustensiles. Elle dépose un à un le bistouri, la petite scie, la pince et l'écarteur sur le plateau en aluminium stérile. Elle finit par son microscope, dont elle frotte longtemps la lentille de verre. Le rituel l'apaise après la violence infligée aux corps à chaque examen. Elle pense à l'autopsie qu'elle a effectuée la veille. Elle a déjà envoyé son rapport. Ses doigts aux ongles courts, habitués aux entailles, aux cicatrices, aux ecchymoses, aux balafres, cette main, rompue à l'usage de tout ce qu'un corps humain peut subir, caresse une dernière fois l'épaule de la femme. Dans quelques heures, les pompes funèbres viendront la chercher.

Soudain, la médecin perçoit un mouvement au niveau de son visage. À peine une ombre minuscule. Elle s'approche. Elle a dû rêver. La figure de cire de sa patiente est déjà en train de se creuser, ses cheveux noirs striés de mèches blanches forment une auréole sombre autour de sa tête dont on peut deviner la forme du crâne. Il n'y a rien. Sans doute la fatigue. Elle s'apprête à rouvrir la porte de la chambre froide quand une seconde fois quelque chose vacille. Une présence au niveau de l'oreille gauche. Qui lui fait tourner la tête d'un geste rapide. Après avoir débranché une des lampes de la paillasse, elle l'approche du visage de Sarah Barry. Une minute plus tard, un frisson la saisit comme un manteau d'épines.

Au même moment, au commissariat central du 1er arrondissement, le commissaire Rogas et le lieutenant Kleber libèrent Pierre Barry. Les vingt-quatre heures légales de garde à vue viennent de s'achever.

Cela fait dix minutes que le Dr Ribeiro sirote un café tiède dans la salle de repos de l'IML, le nez sur l'unique barre de réseau qu'indique l'écran de son téléphone portable. Sol et plafond en linoléum, murs caoutchouteux et plantes vertes en plastique, la pièce, qui sent l'eau de Javel et la bouillie d'hôpital, lui donne chaque fois l'envie de fuir à l'autre bout du monde ou de changer de métier. Une deuxième barre, puis une troisième s'affiche enfin. Elle compose aussitôt le téléphone de la ligne directe du commissaire Rogas. Une sonnerie plus tard, celui-ci lui répond.

De l'autre côté de la ligne, la voix de la légiste est fiévreuse :

— Il faut que vous rappeliez la scientifique et que vous reveniez chez les Barry !

Intrigué, Rogas se lève de sa chaise de bureau tout en enclenchant le haut-parleur. Il n'est pas certain de bien comprendre la suite qui retentit pourtant avec une affreuse clarté dans le bureau qu'il partage avec son second.

— Il y avait plusieurs spécimens d'araignées dans les conduits auditifs de la victime.

Rogas avale sa salive avec difficulté.

— Vous pouvez répéter ?

Au lieu d'obéir, la légiste poursuit :

— Je vous envoie tout de suite une photo.

Rogas reste sans voix. Sa gorge sèche, sa langue grosse comme un galet lui font mal. En face de lui, Kleber est déjà en train d'appeler ses collègues.

Trente minutes plus tard, Rogas et Kleber, accompagnés de deux équipiers de la police scientifique, se présentent au domicile de la famille Barry. Le commissaire sonne à la porte, personne ne répond. D'un geste de la tête, il autorise Kleber à crocheter la serrure.

En quelques ordres, Rogas répartit ses hommes. Il ne sait pas très bien ce qu'il cherche, mais les propos de la légiste résonnent encore en lui. La cuisine, le salon, la salle de bains, les deux chambres, l'entrée, les placards, les bibliothèques, les penderies, tout est passé au peigne fin. Une heure plus tard, rien n'a été trouvé. Soudain fatigué, le commissaire Rogas avise la porte de la chambre parentale. Est-ce une intuition, ou plutôt le goût du travail bien fait, qui le pousse à revenir dans cette pièce qui a déjà été fouillée avec minutie ? Le plancher en bois clair, les deux descentes de lit, la fenêtre encadrée de rideaux crème. Le lit double, recouvert d'une couverture brodée. Aucune affaire masculine. Pris d'un élan, Rogas se saisit de son couteau de poche et soulève la couverture. Le drap-housse rose est vite arraché. En dessous, pas d'alèse, comme il s'en doutait. Il n'hésite pas longtemps. Il larde le matelas d'une dizaine de coups de couteau, puis finit par l'éventrer sur toute sa longueur. C'est là qu'il les voit, mélangées au bourrage qui se répand sur le sol. Minuscules, d'un brun rouge, grouillantes autour de ce qui de loin ressemble à une balle de coton. Un spasme de dégoût le traverse tandis qu'il reconnaît l'araignée microscopique.

Aussitôt, il se tourne vers l'un des deux agents de la scientifique qui l'a suivi jusque dans la pièce. Ce dernier, muni de son microscope à main et d'une boîte transparente, se penche sans attendre sur la toile déchirée. Impatient, Rogas le presse :

— Alors, vous en pensez quoi ?

— Il faudra le faire confirmer auprès de mes collègues entomologistes mais, a priori, ce n'est pas une espèce qui vit sous nos latitudes.

Interloqué, le commissaire interpelle aussitôt son lieutenant :

— Kleber, je crois qu'il va falloir convoquer monsieur…

La main ferme gantée de blanc du technicien ne lui laisse pas le temps de finir.

— Vous savez, cela n'est pas significatif de nos jours… Quand on sait que quatre-vingts pour cent de la literie européenne est fabriquée en Asie…

— Qu'est-ce que vous voulez dire ?

— Que cela n'a rien d'original. C'est même un phénomène assez courant. Au passage, il n'y a pas que des araignées dans ce matelas. J'ai repéré de quoi constituer un véritable élevage de puces et de punaises de lit.

En entendant ces mots, Rogas et Kleber répriment mal une grimace de dégoût. Impassible, le technicien achève son exposé :

— Les grandes villes sont infestées par ces nuisibles. Un voyage, une nuit à l'hôtel, une brocante, même un simple trajet en métro suffisent pour contaminer la literie d'un foyer. Et croyez-moi, ceux qui se targuent d'avoir une hygiène irréprochable ne sont pas immunisés.

Juillet 2022 – Maison de campagne de Pierre Barry

Le soleil a brûlé les arbres, l'herbe, les champs alentour. C'est un été de canicule. Pierre ne se souvient pas avoir eu aussi chaud depuis longtemps, à part à la naissance de Thomas.

Ils sont partis tous les deux pour quinze jours. Peut-être plus. Thomas a deux mois de vacances, et Pierre peut travailler d'où il veut. S'il doit faire un saut à Paris ou ailleurs, Françoise est déjà prévenue. Il sait qu'elle s'occupera de Thomas comme de son propre fils.

Quand ils en auront marre de la campagne jaunie et des longues promenades sous la touffeur des chênes centenaires, peut-être qu'ils descendront vers la mer. Pour le moment, les jours défilent, sans noms, sans heures. Une seule et même journée sans repères. Pierre a annoncé à Thomas que l'hiver prochain ils chasseront plus longtemps, ils s'enfonceront plus loin dans la forêt. Peut-être qu'ils bivouaqueront. Un frisson d'excitation a saisi Thomas à la perspective du feu de bois qui les réchauffera, lorsqu'au cœur de la nuit gelée ils monteront leur tente à l'abri des arbres. En attendant, il reste tous les après-midis dans un coin du salon, à manger des esquimaux au chocolat en lisant des bandes dessinées. Puis il passe en revue la bibliothèque de son grand-père. Les livres reliés, les volumes poussiéreux. Il les prend, les soupèse. Ceux dont les reliures sont colorées. Parfois, il en choisit un qu'il feuillette debout, sans rien comprendre.

Désœuvré, il tourne en rond. Il se frotte les yeux, boit un verre d'eau. Il appelle son père, qui est soit dans le jardin, soit à l'étage, dans le petit bureau où il travaille quelques heures par jour. Pierre répond qu'il est là. Que tout va bien. Thomas s'endort, la tête sur un vieux coussin recouvert de foulards aux teintes délavées. Il se réveille une ou deux heures plus tard, parfois seulement quelques minutes, met un pied dehors. C'est le milieu de l'après-midi, l'heure morte. Ou bien déjà le crépuscule. Le ciel fuchsia surgit derrière la forêt. Pierre est au fond du jardin. Torse nu, en bermuda, il ratisse le gazon calciné en écoutant la radio sur un transistor qu'il a posé sur le sol.

Le rituel est immuable. Après avoir jardiné une heure, Pierre va chercher une bière fraîche dans le réfrigérateur. Il la décapsule debout, dans la cuisine, puis va la boire dehors. Thomas le suit, un verre de lait ou une grenadine à la main. Sa bière terminée, Pierre va en chercher une autre. Il réfléchit au dîner, tape dans un ballon, songe à NoHack. Il se refuse à penser à autre chose. Après un moment, il urine longuement au pied du sapin planté à l'orée du bois. Thomas l'imite d'un air grave.

Les journées se déroulent sans heurts. Dans le jardin, dans la maison. Sans se voir, à la voix simplement, ils font des plans. Le barbecue du soir, le marché du lendemain, le magasin de jouets de la zone commerciale de l'après-midi, pourquoi pas. Les mots flottent, repères inutiles, les balades à vélo se transformant en siestes au gré des envies de l'un ou de l'autre. Parfois, Françoise apparaît au portail. Elle apporte toujours un gâteau ou une grande salade de fruits. Elle demande s'ils ont besoin de quoi que ce soit. Tout en déposant les plats qu'elle a préparés sur le plan de travail, elle balaye la cuisine et le salon du regard. Elle est soucieuse, se sent investie d'une mission : les protéger. Les surveiller. Elle ne s'attarde jamais longtemps. Pierre la remercie, la serre dans ses bras. Thomas reste à distance. Leur pudeur, leur malheur, l'exclut. La vision de leurs deux silhouettes longues et sportives la suit jusque chez elle comme une hallucination. Sa pensée se trouble.

Thomas s'est installé une petite cachette à la cave, dans un recoin de mur humide, entre une pile de cartons et une commode fissurée. Il a étalé une couverture sur le sol, y a disposé une lampe de poche, quelques albums illustrés, une bouteille d'eau et un paquet de gâteaux.

Un après-midi, alors qu'il pousse les cartons pour agrandir l'espace qu'il s'est aménagé, un objet lui tombe sur le crâne. Il crie, même s'il y a plus de peur que de mal.

Par terre, un livre à la jaquette familière. Il ne se souvient pas quand, mais il sait qu'il l'a déjà vu. Peut-être là-haut, dans la cuisine. Le croquis d'arachnides qui occupe toute la couverture l'impressionne. Il remet l'ouvrage dans l'un des cartons.

Le soir, après avoir fait un dernier tour dans le jardin, Pierre et Thomas s'installent sur le Chesterfield pour regarder la télévision. Sur la table basse où ils posent leurs pieds nus, une photo de Sarah encadrée leur fait face. Longs cheveux noirs, pull rouge, teint d'opale, bouche mi-close en un sourire mystérieux. Pierre n'a gardé d'elle que ce cliché, souvenir de l'époque de leur rencontre. C'était avant Thomas, avant même qu'ils ne s'aiment. Sarah était encore une page blanche.

Merci à Philippe Lobjois pour son amour et son inspiration, à Marie Eugène, mon éditrice, pour sa lecture généreuse et ses précieux conseils, et enfin merci à Alexane Lepoan pour son œil de lynx et sa précision.

DANS LA MÊME COLLECTION

Marie Aline, *Les Bouffeurs anonymes*

Louise Browaeys, *La Dislocation*

Louise Browaeys, *Fais battre ton tambour*

Agnès de Clairville, *La poupée qui fait oui*

Gringe, *Ensemble, on aboie en silence*

Émilie Guillaumin, *L'Embuscade*

Carine Hazan, *jean-jacques*

Aurélie Jeannin, *Préférer l'hiver*

Aurélie Jeannin, *Les Bordes*

Anne de Kinkelin, *12 bis, avenue du Maréchal-Joffre*

Anne de Kinkelin, *La Sourde Oreille*

Nicolas Laquerrière, *Nueve Cuatro*

Nicolas Maleski, *La Science de l'esquive*

Nicolas Maleski, *La Force décuplée des perdants*

Sophie Pointurier, *La Femme périphérique*

Sophie Reungeot, *Le Bruit des avions*

Matthieu Seel, *Rien ne dure vraiment longtemps*

Frédérique Voruz, *Lalalangue (prenez et mangez-en tous)*

Composé et édité par HarperCollins France.

Achevé d'imprimer en décembre 2022.

FIRMIN-DIDOT

à Mesnil-sur-l'Estrée (Eure)

Dépôt légal : janvier 2023.

Pour limiter l'empreinte environnementale de ses livres, HarperCollins France s'engage à n'utiliser que du papier fabriqué à partir de bois provenant de forêts gérées durablement et de manière responsable.

Imprimé en France